光文社文庫

文庫書下ろし

キッチンつれづれ

アミの会

KOBUNSHA

光　文　社

この作品は光文社文庫のために書下ろされました。

キッチンつれづれ

アミの会

CONTENTS

福田和代

対面式

福田和代

ふくだ・かずよ

兵庫県生まれ。金融機関のシステムエンジニアとしての勤務を経て、2007年、航空謀略サスペンス『ヴィズ・ゼロ』でデビュー。

主な著書に「碧空のカノン」シリーズ、『侵略者』『繭の季節が始まる』『東京ホロウアウト』『怪物』「梟の一族」シリーズ、『迎撃せよ』などがある。

「あらほんと、よく見えちゃうもんね」

　レースのカーテンを少し開けて、母が興味深そうに向かいの家を覗《のぞ》き見しているので、美晴《みはる》は慌《あわ》てた。

「ちょっと、お母さん。覗くのやめてよ」

「だって、そんな話を聞いたら見てみたくなるじゃないの」

「だからってさ」

　夫の周史《ちかし》の勤め先がリモートワークを解禁したのをきっかけに、大平《おおひら》家は都心の賃貸マンションから、いわゆる郊外の戸建て住宅に引っ越しを決めた。

　新居は、東武東上線のK駅から徒歩圏内にある建て売りの3LDKだ。当初の心づもりより値は張ったが、広さは以前の賃貸マンションの倍近くあるし、屋上でバーベキューができそうだし、何より周史が気に入ったのは、十八帖のLDKと——そう、広いシンクのある対面式キッチンだ。

　まだ誰の手垢《てあか》もついていない、ピカピカのセラミックの天板《てんばん》には美晴も心が躍ったし、つやを消したブルーグレーの扉は重厚すぎず安っぽくもなく、新調したオーブンレンジや食洗機も使いやすい。

――だが。

シンクに向かい、洗い物の手を休めてふと目を上げると、正面の掃き出し窓の向こうにあるのは、大平家の駐車スペースだ。周史のごつい4WDが停まっている時は目隠しになるが、彼が車で出かけると、道路まで見通せる。こちらから見えるということは、外からも丸見えなのだ。

さらには、向かいの鉄柵みたいな門扉《もんぴ》が見え、ささやかな庭を通して向かいのLDKまで直線コースで視線が伸び、どうかした拍子に互いのカーテンが開いていると、キッチンに立つ奥さんの姿が見える。

――向かいの家も、対面式キッチンなのだった。

「さすがにこれは、設計者のミスだと思うんだよね」

美晴はふくれっ面で自分の側のキッチンを振り返った。キッチンから向かいのキッチンまでが直線で結ばれている。間に駐車スペース、道路、向かいの門扉と庭が挟まれるとはいえ、両家とも窓が大きく開放感があるせいで、カーテンを開けると見通しが良すぎる。

「そもそも、私は対面式キッチンなんて、いらないって言ったのに」

「周史さんが気に入っちゃったんでしょ。便利そうじゃないの」

「そりゃ、キッチンで何かしながら陽菜《ひな》の様子を見られるのはいいんだけど」

新居の対面式キッチンは、シンクと作業台、三ツ口のＩＨコンロが横並びになったタイプだ。手元を隠すものが何もないので、洗い物をしても、まな板を置いて野菜を切っても、何もかもがオープンだ。これは、見せるためのキッチンなのだと美晴は思う。

美しい食器、ぴかぴかの調理器具、お洒落《しゃれ》な調味料入れ、窓辺には必要な時に摘《つま》んで使えるハーブの鉢があったりして。いかにも家庭的で料理上手な人が好きそうだ。

窓越しに見える向かいのキッチンはまさにそんな感じで、鍋やフライパンやおたまですらきちんと整頓して飾られているし、背後の壁には植物の絵が描かれたキッチンタイルが並んでいて、まるで住宅展示場のように完成された美しさなのだ。

――だけど。

そもそも美晴は、さほど料理が好きではないし、上手でもない。美味《おい》しいものを食べるのは好きだが、ふだんの食事はスーパーのお惣菜《そうざい》や冷凍食品を買ってきて、レンジでチンして皿に盛りつけるだけですませたい。毎日の献立を考えるのは、パート先で領収書を経理システムに打ち込むよりずっと面倒なのだ。油が跳ねる揚げ物なんて怖くてまっぴらごめんだし、包丁を使うと手を切るから、日常的に使うのはキッチン鋏《ばさみ》だ。サラダは、レタスをちぎってトマトを切るだけで許してもらえるなら、作ってもいい。キャベツの千切《せんぎ》りは、市販の袋入りを買っている。

そんな自分が、なぜこんな料理万能女子感あふれるキッチンに立つ羽目になったのか。

周史が料理好きで、自分でキッチンに立ちたいと言うならわかる。ところが奴《やつ》は、包丁などほとんど持ったこともない、今どき逆に珍しい三十代男性なのだ。

彼は単に、「対面式キッチンが家族の絆《きずな》を深める」という魔法の言葉に惑わされただけ。

(俺、こういうキッチンが欲しかったんだ。美晴が料理をしながら、居間で陽菜が宿題をしている姿を見守れるっていいよね？　家族団欒《だんらん》、って感じがするんだよなあ)

ネットで対面式キッチンの特集記事を見ながら、周史はうっとりした目つきで言った。

——そうか？

周史は、翌日から対面式キッチンにこだわって住まい探しをするようになり、妙な行動力を発揮して、あっという間に手ごろな戸建てを見つけてきた。

「そもそもお母さんだって知ってるでしょ。私、掃除も苦手なんだから」

見せるためのキッチンは、使用後の後片づけと掃除を完璧にしないと、かえってだらしなく見えるようなのだ。洗い物を放置したり、使った調味料のボトルを出しっぱなしにしたりすると、周史が嫌そうな顔をする。前の家では、そんなことなかったのに。

──ダメな奥さんでごめん。

ここにきてから美晴は、劣等感を刺激されっ放しだ。

「せっかくの新しいおうちなんだし、片づけくらい、ちゃんとやりなさいよ」

母が苦笑いした。周史が陽菜を連れて向こうの実家に遊びに行った隙に、母に愚痴《ぐち》を聞いてもらおうとした美晴は、あてがはずれた。

「それより、あれでしょ。美晴が言ってた、お向かいの置物。今日はパンダなのね」

まだカーテンの陰に隠れて、向かいの様子を窺《うかが》っている。母が見ているのは、向かいの玄関ポーチに置かれた陶製の人形だ。今日置かれているのは、高さ四十センチほどのパンダだが、これが日によって変わる。

「昨日はタヌキだった。その前はカエルかな」

「何種類くらいあるんだろ」

「わかんないけど、ディズニーの白雪姫も見たことあるよ」

お向かいの丘《おか》さんが、置物を毎日のように変えていることに気づいたのは最近だ。変えるのは、奥さんのほうだ。

家の裏手にいろんな置物を並べてあるらしく、一昨日《おととい》は丘さんが、裏からカエルを抱えてきて、フクロウと入れ替えるところを目撃してしまった。

「なんだか妙じゃない？　玄関の置物って、あんなにひんぱんに入れ替えるもの？」

母はまだ苦笑しながら首を傾《かし》げた。

「さあねえ、おばあちゃんの家では置いたきりだったけど、いいじゃないの別に。気分転換かもしれないし、放っておきなさいよ。パンダも可愛《かわい》いわね」

まあ、そうだ。置物がひんぱんに変わったところで、誰かが損をするわけでもない。しかし、気づいてしまうと妙に気になるものだ。

「それより、お茶とケーキにしましょうよ。ここに来る前、駅前に美味しそうなお店があったから、買ってきちゃった」

「あそこ、モンブランが美味しいよ」

母がカーテンを閉めて窓を離れ、リビングのソファに腰を下ろす。

カーテンが閉まる前に、向かいのキッチンで丘さんが一瞬こちらを振り向いたような、気がした。

――今日はカエルなんだ。

この町内は月曜と木曜が燃やすゴミの収集日で、ゴミを出して戻ってくる時に、ちらっと向かいの玄関ポーチを見てしまった。

昨日はパンダだったから、今朝はもう入れ替え完了したということだろう。丘さんは早起きで、ゴミ出しも早い時刻にすませているようだ。

引っ越してきた時、粗品のラップを持って近所に挨拶してまわった。その時に、丘さんとも話したことがある。

丘さんは笑顔だったが、おとなしそうで口数の少ない人だなと思った。

丘さんの家族構成をちゃんと確認したわけではないが、美晴たちより少し若い夫婦ふたりだけで住んでいるようだ。夫は朝早くから仕事に向かうようで、車を出す音が聞こえる。堅い職業なのか、平日はスーツ姿が多い。ネクタイはしていないし、ちょっとくたびれているが。帰りも遅い日が多く、夜の十二時ぐらいに車が戻ってくることもある。仕事が忙しいか、通勤時間が長いのかもしれない。

休日、車に乗って、買い物に出かける丘夫妻を見かけたことはあった。庭に子ども用のブランコがあるが、子どもを見かけたことはない。これから生まれてくる子のための準備なのだろうか。

向かいの家には、若夫婦らしくない、どこかひっそりした雰囲気が漂っている。

もっとも、このあたりの家はどこも、よく言えば落ち着いた、悪く言うなら地味な印象だ。おそらくそれは、住人の高齢化が進んで、子どもの姿が少ないからなのだろうけど。

園児のいる大平家が越してくると、町が若返るようで嬉《うれ》しいとあちこちで言われた。

「どう、できた？」

「いや、まだ――」

わが家の玄関を覗き込むと、周史が陽菜の通園靴を履かせるのに手間取っていた。

リモート勤務になって、朝は時間の余裕ができたそうで、平日の半分は保育園まで車で送ってくれる。

「貸して。私がやるから」

「うん、頼むわ。ありがとう」

娘の足元にしゃがむと、周史が素直に横に退いた。どうも周史は、陽菜の世話にしても家事にしても、自分はサポートだと考えている節がある。あくまでメインは美晴なのだ。

彼の仕事は、流行《はや》りのウェブマーケティングというやつだ。広告にＳＮＳなどを利用する企業が増えてきた。自社内での対応に限界を感じ、周史の勤務する広告代理店に依頼する企業も多い。

ウイルス禍で売り上げは減少するどころか、市場がネット志向になり、ネットを使ったマーケティングはますます盛んになった。周史の会社ではフルリモートという働き方を取り入れ、社員の七割がそれを活用している。もちろん、会社に出たほうがはかどるという人もいるので、リモート勤務は強制ではない。

「お向かい、今日はカエルだった」

周史にも、置物のことは世間話の一環として話してある。陽菜に靴を履かせながら美晴が言うと、彼はたいくつそうな顔をした。

「もう、いいじゃないか。そんなの丘さんの勝手だろ」

「そうなんだけどさ。はい、できた」

ぽんと足首をたたくと、靴を履かせてもらった陽菜が、ぴょんと玄関で弾むように立ち上がる。

「それじゃ、陽菜ちゃん行こうか」

「えーっ、ママがいい」

陽菜が美晴の足にしがみついてきた。

「陽菜ちゃん、今日はパパと行く番なんだから。さあ、行こう」

半ば抱えるように、周史が陽菜を連れ出した。陽菜は園に行く前に、よくこんな感じでぐずることがあって、周史が地味に傷ついているようだ。

――やれやれ、小さな台風が去った。

周史が戻る前に、ダイニングを片づけないといけない。3LDKの新居は、一階がLD

Kと小さな和室、二階が陽菜の部屋と夫婦の寝室だ。周史は最初、和室をリモートワークの仕事場にするつもりだったが、畳の部屋と座卓では意外に落ち着かなかったらしく、リビングで仕事をするようになった。部屋が散らかっていると気になるそうで、始業時刻までに片づけるようにしている。

陽菜の朝ごはんは、食べやすいように混ぜご飯を小さなおにぎりにしている。食べ方が下手なのか、ポロポロと食べこぼすので、テーブルのあちこちにご飯粒が落ちているのを、丁寧に拾って食器を片づける。

気になるというなら、周史も片づけてくれればいいのにと思うが、そのへんは美晴に任せきりだ。ダイニングテーブルをきれいに拭き、食器を食洗機にかけてホッとしたところで、レースのカーテンが半分ほど開いていることに気がついた。陽菜はカーテンにしがみつくのが好きで、たまにこんなふうに開けたまま保育園に行ってしまう。

向かいに宅配便のバンが停まり、配達の人がインターホンを鳴らすのが丸見えだった。

郵便局のオートバイが、その横を走り過ぎていく。

――やだなあ。そんな気はないのに、まるで私が監視してるみたい。

カーテンを閉めに行くと、荷物を受け取るために出てきた丘さんが見えた。

――あ。

視線が合ったように思えて、美晴は思わず頭を下げた。気のせいではなかったようだ。向こうもぺこりと頭を下げた。どことなく表情が硬かったような気がするが、きっと美晴自身の笑顔もとってつけたようだったろう。

――きれいな人なんだよね。

丘さんは二十代後半かと思っていたのだが、ひょっとすると美晴と同じくらいかもしれない。細面《ほそおもて》で、ちょっと儚《はかな》げな印象の人だ。たまに見かける夫は、背が高く筋肉質で、いわゆる固太りというタイプだ。

――パンダにカエルに、フクロウにタヌキに白雪姫？

あの置物は、何なのだろう。特に意味なんかなくて、母が言うように単なる気分転換なのだろうか。

「ひょっとして、天気に関係あるのかな」

ふと考え、もう一度カーテンを開けて空を見上げる。重たげな曇り空だ。昨日は晴れていた。曇りがカエルで、晴れがパンダ？　でも、それなら残りは何だろう。前にカエルが出ていたのは金曜日だ。金曜の天気はどうだったか――。

美晴はスマホで過去の天気を確認した。金曜は雨だ。考えてみれば、その日は土砂降りで買い物に行くのがめんどうになり、冷凍庫を漁って夕食を作ったのだった。

「天気は関係ないか」

だいたい、天候に合わせて置物を変える理由がわからない。テルテル坊主ならわかるけれど、急に天気が崩れて、午前中は晴れていたのに、午後から雨になることだってよくあるものだ。でも、丘さんが急に置物を変えるところは、見たことがない。

もしあれが単なる気分転換や気まぐれではなくて、何か理由のあることなら、誰かに合図するためにやっているのではないだろうか。

「パンダの置物が出ていれば、今日の食事はパンですよ、とか？」

自分で口にしておかしくなり、思わず笑ってしまった。だが、誰かに何かを知らせている——というのは、ありそうな気もする。

その、「誰か」と「何か」がわからないせいで好奇心をかきたてられるのだ。

周史の車が帰ってきて、視界が遮《さえぎ》られた。

「ただいま」

玄関が開いた。「おかえり」と声をかけ、美晴は玄関を覗きに行った。

その日から、美晴はスマホにメモをつけ始めた。日付と曜日、置物の種類、天気。それに、何かいつもと違うことが起きれば、それも書き残した。

メモに意味はない。

木場《きば》のマンションにいた時は、週三日、近所で経理のパートをしていた。簿記の資格を持っていて、かんたんな帳簿をつけるくらいはできる。引っ越しで、その仕事は辞めざるをえなかったのだが。

今も求職中だが、こちらの希望する曜日や時間帯と、金額などの条件がなかなか折り合わない。それで、少々時間を持て余している。

時間はあっても、料理は苦手だ。

周史がリビングでノートパソコンを開いて仕事をしているので、ＬＤＫにも居づらい。キッチンで大きな音をたてるとビデオ会議の邪魔になるだろうし、周史の気が散る。

そんなわけで、今でも買い物に行くとつい、冷凍食品とできあいの惣菜を選んでしまう。調理済みのポテトサラダを買ってきて皿に盛りつけていると、周史がいつの間にか前に立っていて、びっくりしたような目で手元を見ていた。

——前から、ポテトサラダはできあいのものを買っていたのに。

いつも食べていたものが、実はスーパーのお惣菜だったと気づいて、今さらながら驚いているのだろうか。

陽菜が大好きなオムライスも、薄焼き卵は美晴が焼くが、チキンライスは冷凍食品だ。

周史はそれも、「そうだったのか」と言いたげに目を丸くして見ていた。

だけど、それで悪いはずがない。美晴が無理して自分でチキンライスを炒めるよりも美味しいし、栄養だって考えられているだろうし、何よりもお手軽だ。コロッケもトンカツも、カレーライスやパスタソースもみんな冷凍食品かレトルトだ。以前から周史は美味しい、美味しいと言って食べていたし、同じメーカーのものを使い続けているから、引っ越しても味は変わっていない。

はっきり文句を言われたわけではないが、いちいちびっくりしたような目で見られると、こちらはイライラする。

——騙《だま》していたわけじゃないんだし。

新居のあたりは住宅地で、デスクワークはなかなか見つからなかった。飲食店の接客業ならあったけれど、不特定多数のお客とコミュニケーションをとるのは難しいし、近ごろはかなり面倒なお客もいると聞くので、腰が重くなってしまう。そういう仕事には、周史もあまりいい顔をしない。

——ああ、なんか腹たつ。

周史がリビングで仕事をする間、美晴は寝室にこもって仕事を探したり、掃除をしたり、洗濯物を畳んだり、スマホで動画サイトやドラマを見たりしている。食事の時間帯になると、一階に下りて支度をする。

それもなんだか、自分の家なのに遠慮しているようで、あまり気分が良くない。

夕方には保育園まで陽菜を迎えに行く。引っ越してから朝は周史と交代だが、夕方のお迎えは前と同じで美晴の担当だ。陽菜が帰ると、お世話が始まるので忙しくなる。

ただ、夕方までの間は自宅でできることにも限りがあって、それでつい、向かいの様子に関心が向くのだった。

――どうでもいいって、周史は言うだろうけど。

向かいの様子に注意を払うようになると、それまで気づかなかったことがわかってきた。

丘さんの夫は、日曜の早朝にひとりで車に乗って出かけていく。そんなときは、服装から見て釣りに行っているんじゃないかと思う。

丘さんは、火、木、金の週三回、パートに出ているようだ。九時過ぎに家を出て、帰宅は五時半ごろになる。帰りにスーパーに立ち寄るのか、たいてい食材でいっぱいになった紫色のマイバッグを提げている。

服装はいつもカジュアルなカットソーにジーンズなどで、小さなバッグを斜め掛けにしている。パートかどうかは本当のところわからないが、決まって同じ曜日の同じ時刻に出かけていくので、そうなんじゃないかと美晴が想像しているだけだ。

『あなたねえ、だんだんストーカーみたいになってきてるんじゃない？　よしなさいよ、お向かいの監視だなんて、みっともない』

そんな状況が一週間も続くと、電話で母にたしなめられた。

「監視なんてしてないって。ちょっと気になるから、ちらちら見てるだけで」

『それが監視だっていうの。お向かいとあなた、何の関係もないじゃないの。気になって仕方がないなんて、そのへんが既にストーカーみたいじゃない？』

まあ、美晴にもわかっている。母の言葉にも一理あるのだ。

「一昨日から車がないから、丘さんの夫さん、帰って来てないみたいなの。それも気になるし――」

『そんなこと、あなたに関係ないじゃないの。お仕事で出張か職場に泊まり込みかもしれないし、ただの旅行かもしれないでしょう』

――浮気かもしれないよ？

美晴はその言葉を飲み込んだ。

カエルの置物は、夫が早く帰る日に出ているのではないかと考え始めていた。早くと言っても、九時より早い時刻に帰宅することはなさそうだけど。

日付が変わる頃に帰宅する日はフクロウ。それほど遅くなくとも、十時を過ぎるころに帰宅するならパンダ——とか。

　さすがに、向かいの夫の帰宅時間まで見張っているわけではないので、仮説にすぎなかったのだが。だいたい、タヌキや白雪姫はどう説明をつけたらいいのか、見当もつかない。

（今日、うちの亭主は帰りが遅い）

　そんなメッセージを置物に込めているのだとすれば、あの若くて美人な丘さんが浮気をしている可能性は大だと思う。

——そして、しばらく夫が戻らないのは、その浮気がバレたから？　あるいは、妻が浮気をしている裏で、夫も浮気をしている？

　ところが、だ。

　夫が帰宅しなくなった日から、置物はずっとカエルなのだ。早く帰る日の合図ではなかったのか？　思いつきの推理が間違っていたということか？　丘さんは、なぜ置物の入れ替えをやめたのか。

　だいたい、今どきスマホひとつあれば、いくらでも他人とコミュニケーションが取れる時代だというのに、なぜ置物？

——悩ましい。

『バカバカしい、考えすぎ。昔からよく言うじゃないの。「小人閑居《しょうじんかんきょ》して不善《ふぜん》をなす」』

母が小難しいことを言った。

「なんて？」

『小人物、つまりダメな人間は暇になるとロクなことをしないってこと。美晴、さっさと仕事を探したほうがいいと思うよ』

なんということを言うのだ、親のくせに。

『陽菜ちゃんの保育園にも、すぐに勤めを探すからって頼み込んで、順番を取ってもらったんでしょう。あなたができるようなお仕事、近所にないわけじゃないんでしょ？』

「ないわけじゃないけど、陽菜のお迎えまでに終わる仕事で、家から通えるのがないの。このあたりだと事務職の募集も少ないし」

住宅地なので、そもそも会社が少ないのだ。

『だとしても、ご近所さんとトラブルになるようなことをしちゃだめよ。陽菜ちゃんが恥ずかしい思いをするんだからね』

厳しく説教され、通話は終わった。

美晴はため息をつくしかなかった。

「わかってるけどさあ」

ふてくされながら一階に下りると、周史がリビングでリモート会議の最中だった。難しい問題が起きているようで、ヘッドセットをつけた周史は眉間に皺《しわ》を寄せている。

美晴は静かにキッチンに入り、電気ケトルのスイッチを入れた。コーヒーを淹《い》れて二階に持って上がるつもりだ。ついでに周史の分もマグカップを出し、インスタントの粉を入れてお湯を注ぐ。

そういう作業をしながらふと顔を上げると、難しい表情で相手の言葉に耳を傾ける周史がいる。集中していて、美晴が部屋に入ってきたことにも気づいていないのかもしれない。

――対面式キッチンっていうけどさ。

対面というのは双方が向き合うってことだ。これでは、美晴が一方的に周史を見ているだけではないか。

家族の絆なんて言葉に振り回される周史みたいな人に限って、ふだんから家族のほうを見ていないから、キッチンひとつ変われば、それがかんたんに手に入ると勘違いするんじゃないか。

リモート会議に集中している周史の前に、マグカップをどんと置いた。周史は一瞬、びっくりしたような表情を浮かべ、それから小さく拝むような仕草をして、小声で「ありがと」と呟《つぶや》いた。たったそれだけのことだが、美晴の気分はほんの少し晴れた。

「そうだ。さっき防犯メールが届いてさ」

二階に上がろうとする美晴に、周史が慌てて声をかけた。マイクは切ったらしい。

「なんか、市内で行方不明になってる小学五年の女の子がいるんだって。事件かもしれないって。陽菜も気をつけないとね」

「えっ？」

驚いて、美晴も自分のスマホで検索してみた。引っ越した後、この地域の防犯メールはまだ登録していなかった。

市内と言っても広い。子どもが行方不明になったのは、美晴たちの新居から十キロ近く離れた、大きな川の向こう側らしい。五日前の午後三時過ぎ、学校を出た後の行方が知れず、警察や近隣の人が捜しているそうだ。子どもが身につけていたのと似た衣類や、薄紫のランドセルなどの写真を公開し、目撃情報を募《つの》っている。

――五日も前から戻ってないなんて。

以前にニュースで見たのだが、日本では九歳以下の子どもの行方不明者届が、年間千件以上も提出されるそうだ。ほとんどは迷子や家出だそうで、無事に発見される。でも中には、事件性ありと見られ、警察が公開捜査に踏み切るケースもあるそうだ。

――事件性あり。

胃のあたりに、冷たいものを感じる。

防犯メールが配布されたのは、事件の可能性が高いと警察が判断したからだろう。なんだかもやもやする。何かが違和感になって、引っ掛かっているのだ。

美晴は首をかしげて二階に上がり、寝室の窓からなんとなく向かいの庭を見下ろした。

一昨日から動きのないカエルの置物は、あいかわらずのんきな表情で天を見上げている。庭では子ども用のブランコが風に揺れている。子どもの姿など、今まで見かけたことがないのに。

――ちょっと待って。

子どもが帰ってこなかったのは五日前だ。丘さんの夫が帰宅していないのは――一昨日から？　それにカエルが出しっぱなしになった日から、丘さんの姿を見かけていない。庭の雑草をいつもマメに抜いて、きれいにしているなと思っていたのだが、ここ数日でエノコログサが育ったようなのは気のせいか。

――丘さんの夫は、本当に留守なのか。

ふと妙な胸騒《むなさわ》ぎを覚える。

一昨日から帰っていないと美晴は思い込んでいたが、本当は一、昨日、から、出かけて、いないのではないか。

――いやいや、でも車がないし。

胸騒ぎの正体が見えた。

五日前から行方不明の子どもも、一昨日から帰ってこない丘さんの夫。子どものいない庭で揺れるブランコ。

いつ、子どもが来てもいいように——。

——まさか。

鼓動《こどう》が速くなる。

まさか、誘拐じゃないよね？

カレンダーを確認する。今日は火曜日だ。いつもなら、丘さんは火、木、金と仕事に出かける。だが、今朝は九時に出かけるところを見なかった。美晴が見逃しただけだろうか。

それとも、仕事に出かけられない理由があるのだろうか。

「おーい、美晴ぅ。そろそろ保育園に行かないと、間に合わないいんじゃない？」

階下から、周史の声がした。

——まずい！

時計を見て飛び上がる。ぼんやりと向かいのことなんか考えて、陽菜のお迎えの時刻を忘れるところだった。上着と鞄《かばん》を取り、急いで階段を駆け下りた。

きっと今日は、保育園でも行方不明の小学生の話題で持ちきりだろう。

翌水曜のことだった。いつものように陽菜の「お着替え」をすませ、顔を拭いてやったり歯を磨いてやったりした後、指の先ほどのおにぎりをふたつ、ちびちびと飲み込ませていた時だ。

「ごめん、今日はこれから、出社しないといけなくなった。トラブル発生だって」

スマホを見ていた周史が青い顔で言いだし、慌てて出社用のちゃんとした服——スーツではないが、パジャマでもスポーツ用のジャージでもない服——に着替えて、車で飛び出していった。駅まで距離があるので、駅前の駐車場に車を停めて、日本橋にある会社に向かうのだ。電車で二時間半かかるので、この時ばかりは前の家のほうが良かったと思うこともあるようだ。

周史が送るときは「ママがいい」と泣くくせに、周史がいなくなると今度は「行きたくない」と陽菜がぐずり始めた。

美晴はまだ仕事が見つからないので休ませてもいいのだが、休みぐせがついても困る。保育園に通わせるのは、小さい時から社交性を身につけてほしいからでもあるし。

「だーめ。園で新しいお友達できたでしょ。今日も一緒に遊ぶんでしょ」

なだめすかして陽菜を連れ出し、ふと見た向かいの置物は、今日もカエルだった。

園まで二十分、陽菜の足に合わせてゆっくり歩く。園庭に置かれたカバのシーソーが見えると、陽菜は急に元気になって、美晴を引っ張るように駆けだした。あとは園の先生方と、友達に任せるしかない。

「おはようございます」

「あ、おはようございます」

同じように子どもを連れてきた母親のひとりと、最近ようやく打ち解けて話すようになった。向こうは美晴を「陽菜ちゃんのママ」と認識し、こちらも先方を「未来《みく》ちゃんのママ」と認識している。

「行方不明の子、まだ見つからないみたいで」

未来ちゃんのママが心配そうに眉を曇らせた。彼女の実家は行方不明の子どもの家と近く、両親が子どもを捜すのに協力したのだと話していた。

「迷子じゃないんでしょうか」

美晴はおずおず尋ねた。

「わからないんですって。もう五年生だし、しっかりした子だから、ひとりでウロウロして家までの道がわからなくなるようなこともなかったって。家出するような理由もなくて、どうして突然、行方不明になったのか」

「ご両親、心配でしょうね」

陽菜が急に姿を消したらと想像し、美晴は胃のあたりが冷たくなった。

「ひとりっ子なんですよ。大変ですよね。近所の人も総出で捜してるんですけど、何も見つからないんですって。昨日から警察が川ざらいを始めたらしくて」

「川ざらい――」

不吉な言葉だ。つまり、どこを捜しても見当たらないので、川に落ちた可能性があると見ているのだろうか。でも、市内にある川と言えば、荒川支流の一級河川で、川幅も広い。あの川底をさらうのは、難しいのではないか。

未来ちゃんのママとしばらく世間話をして、家に戻った。

――さて、どうしよう。

今日は周史がリビングにいない。何をしていてもかまわないが、まずは仕事を探そうか。

「それより――」

美晴はリビングのカーテンを開けた。

周史の車がないので、向かいの窓まで見通しがきく。庭のブランコ、玄関ポーチのカエル。ぴったり閉まったカーテンまで、妙に気になってしかたがない。

「今日は、ぜったいに何も見逃さないから」

とはいえ、窓にへばりついて監視するわけにもいかない。丘さんが無関係だったら、ものすごく恥ずかしい。美晴はキッチンに入り、流しや天板を磨くことにした。ぴかぴかなので磨く必要もないのだが、キッチンにいるだけでも何か用事をしているように見えるだろう。

——あの窓の向こうに丘さんがいる。

美晴はオーブンレンジを見た。たまにはお菓子でも焼いてみようか。そう言えば中学、高校のころは、クッキーやケーキを焼くのが好きだった。甘いものは大好きで、焼き菓子以外にもゼリーやババロアなどよく作った。

いつからやめてしまったのだろう？

いま考えてみても、特に理由はない。もともとお菓子づくりに凝ったのも、当時の友達がやはり菓子好きで、いろいろ作っては交換したり、気になる男子にさりげなく見せてつまんでもらったりするためだ。

だんだん、菓子よりもメイクやファッションに興味が移り、体重が気になり始めると、むしろ菓子は敵に回った。そんなところだ。

どうせ作るなら、陽菜が喜ぶものがいい。

よく熟れたバナナがあるので、バナナマフィンにする。マフィン型がないけれど、アルミホイルで代用できる。

小一時間かけてバナナマフィンを十個ほど焼き上げ、まだ熱いうちに三つを紙袋に入れ、思いきって向かいのインターホンを鳴らしてみた。

『はい』

「向かいの大平です。ごめんなさい、今ちょっとよろしいですか？」

ふたり暮らしと思われるのに、マフィンを三つにしたのは理由がある。ふたつだと寂しい感じがするというのもあるが、もし本当に子どもが連れて来られていたら――三つのマフィンを見た時の丘さんの反応が見たいのだ。

しばらくすると、玄関が開いて丘さんがつっかけを履いて門扉まで出てきてくれた。

「こんにちは。――どうかされました？」

微笑《ほほえ》んでいるが、戸惑っているのがわかる。無理もない。美晴たちが越してきてから、まともに顔を見たのは引っ越しの挨拶の時くらいだ。美晴も笑顔をつくった。

「つまらないことですみません。子どもにお菓子を焼いたんですけど、もしよろしければ、これもらっていただけませんか。作りすぎちゃったので」

紙袋を差し出すと、彼女は目を丸くした。

――しまった。唐突すぎたかも。

ほとんど知らない人に、自作のお菓子を渡すなんて、冷静に考えるとちょっとイタイ人かもしれない。

「ありがとうございます。あの、お菓子をご自分で作られるんですか」

「シロウトの焼き菓子なので、お口に合わなかったらごめんなさい。熟したバナナの甘味だけで、砂糖をほとんど使わずに甘さ控えめにしたので、もし甘いのがお好きでしたら、ハチミツなどかけてみてくださいね」

「私は料理とか全般苦手なもので、お菓子が焼けるなんて、それだけでもう尊敬しますよ」

でも、丘さんを見かけるのは、たいていキッチンにいる時か、置物を交換している時だ。こんなふうに、彼女と向かい合う機会はそんなにない。話の接ぎ穂を探して、ふと玄関ポーチの置物と目が合った。

「あのカエルの置物、可愛いですね」

いきなり核心を突くのもどうかと思ったが、話の糸口がそれしか見つけられなかった。

丘さんは、明らかに動揺していた。

「――ありがとうございます。夫が旅行に行くたびに、いろいろ買ってくるもので」

「旅行、お好きなんですか。いいですね」

しかし、「夫が行くたびに買ってくる」という言い方は、ひとりで旅に出かけているかのようだ。

「私はそれほどでもないんですけど」

「それじゃ、今日もおひとりで旅行に？」

相手の目に警戒心が覗いたので、しまったと後悔した。今の言い方では、詮索好きな隣人みたいだ。

「いいえ、今日は仕事に行っていますよ。これ、ありがとうございます。おやつの時間にいただきますね」

丘さんは、にこやかな笑みを浮かべて、そそくさと玄関に引き返していった。開きかけていたドアが、パタンと音をたてて閉じられたような、静かだがきっぱりとした去り方だった。

――ああ、失敗だ。

だが、夫は仕事だと言っていた。「今日は」仕事なのだ。

陽菜を迎えに保育園に行こうと家を出たところで、向かいの窓のカーテンが揺れるのを見た。丘さんも、こちらを気にしているのかもしれない。

トラブル対応で会社に出かけた周史からは、

『ごめん、今日は帰れなくなった』

との連絡が来た。深夜までトラブル対応で、今夜は会社に泊まり込み、対応が終われば明日は早めに帰るとの連絡だった。

「パパ帰れないんだって。しかたないねえ」

陽菜に食べさせる間も、向かいの様子を観察していた。夫は仕事だと言ったが、結局、この日も帰宅する様子はなかった。

――いったい、何の仕事なのだろう。


夜、陽菜を寝かしつけていると「未来ちゃんのママ」からLINEのメッセージが来て、行方不明の女の子が見つかったと教えられた。

『女の子のお母さんの両親が、離婚していてね。おじいちゃんのほうが、お孫さんとなかなか会わせてもらえないものだから、こっそり家に連れて帰っていたんですって。でもそれ、誘拐ですよね』

驚いた。六日も帰さないなんて、充分に犯罪的だ。

その日はそれ以上の進展がなかったが、翌朝にはネットニュースにも流れていた。警察が祖父から事情を聞いているとのことだ。

――あれ。

いつの間にか向かいの車が戻ってきている。

子ども部屋にベッドはあるが、陽菜はまだひとりで寝るのが苦手で、いつも美晴の隣で寝ている。うっかり寝返りをうって、陽菜を押しつぶさないように注意しているから、あまり熟睡できないのだが、珍しくぐっすり寝ていたのかもしれない。

「あら、おはようございます」

ゴミを出すために集積所に急いでいると、丘さんとばったり会った。

「おはようございます。いいお天気ですね。先日はごちそうさまでした」

ママぁ、と陽菜が足にまとわりついてくる。ついそこまででも、周史がいない家にひとりで残したくなく、連れてきたのだ。丘さんが目を細めた。

「可愛いですね。おいくつですか？」

「三歳なんです。陽菜、ごあいさつは？」

陽菜は恥ずかしそうにあいまいな笑みを浮かべ、「おはよございます」と呟いた。

「あら、おはようございます。えらいねえ、ママと一緒にゴミ出ししたんだねえ」

一緒に家に戻りながら、話が弾むような、弾まないような感じで、ぽつりぽつりと最近の天気や近所の話をしていると、陽菜が向かいの庭を指さした。

「ぶらんこ！」

「これ、陽菜」

「かまいませんよ。陽菜ちゃん、ブランコ乗ってみる？」

「うん！」

物静かでとっつきにくい印象のあった丘さんが、陽菜を介すと急に親しみやすくなった。子ども好きなのかもしれない。

喜色満面で、陽菜は「はやく」と美晴の手を引っ張った。ブランコは意外と年季が入っていて、カーポートの屋根を支える鉄骨から、太いロープで吊り下げられている。近づくと、陽菜が嬉しそうに駆けだしていった。

「夫の手作りなんですけど、頑丈なので陽菜ちゃんくらいなら全然問題ないですよ」

「自作されたんですね。お子さんが使っていたんですか？」

聞きにくかったが、この機会を逃すともう聞くことはできない。

「姪《めい》が遊びに来ていたんです。ごく近所で」

あそこ、と指さしたのは、美晴たちの家の二軒隣に建つ家だった。引っ越しの挨拶には行ったが、姓が異なるので向かいと親戚だとは気がつかなかった。

——なんだ、そうだったんだ。

変に気を遣う必要はなかった。あっさり尋ねれば良かったのだ。

陽菜が嬉しそうにブランコを漕《こ》ぎ始めたので、美晴は危なくないよう、ロープに手を添えて見守った。小さい子どものために作ったらしく、座面は低い位置にあるし、あまり危険な感じはしない。

ブランコの位置からは、斜め向かいの親戚の家もよく見えた。二階の窓の、カーテンがぴったり閉まっている。

「姪ごさん、ブランコは卒業されたんですね。子どもが大きくなるのは早いから」

丘さんは、どこか悲しげに微笑んだだけで何も言わなかった。陽菜もすぐ、ブランコに乗るだけで笑顔になれる時期は終わるのかもしれない。子どもの成長は早い。

「陽菜、そろそろ保育園に行かなくちゃ」

もっと遊びたいと駄々をこねる陽菜を抱え上げ、「また遊びに来てね」と言ってくれる丘さんにお礼を言い、ふと玄関ポーチのカエルに目が留まった。

——今日もカエルなんだ。

車は停まっているから、丘さんの夫は在宅のはずだ。あの置物は夫が家にいるかどうかとは関係ないのか。

——きっと、私の考えすぎだったんだ。

どの置物がポーチにしっくり似合うか、いろいろ置いて比べていただけかもしれないし。

「それじゃ」

戻りかけた時、美晴の視線に気づいたらしい丘さんが、ふとカエルに目をやって頷《うなず》いた。

「あれ、おまじないなんですよ」

「――え」

「姪っ子、少し重い病気で入院中なんです。ちゃんと自宅に帰ってきますようにって、入院している時はカエルを置いて」

「ああ――」

「姪っ子が家にいる時は、二階の窓から見えるので、元気が出るようにあの子が好きな白雪姫とか、パンダとかに替えて」

「そういう意味だったんですか」

――しまった。

うっかり答えて、自分が置物の変化に注目していたことを白状したようなものだった。

丘さんが苦笑した。

「いろんな人から『あれどうしたの？』って聞かれましてね。たいした理由でもないので、聞かれるたびにビクビクしてました」

「す、すみません、私ったら、余計なことを――」

事情がわかってすっきりすると恥ずかしくなって、美晴は思わず首を縮めた。

「いえ――。姪っ子、今日の午後には退院する予定なんです。だから明日、このカエルが別の置物に替わっていたら、あの子が帰ってきたんだなと思ってやってください」

道路を渡りながら何度も手を振る陽菜に、丘さんは笑顔で手を振り返してくれた。


「へえ、そんなことがあったんだ。置物の謎、解けて良かったな」

周史はその日、睡眠不足で目の下にクマを作り、よれよれの状態で早めに帰宅した。

陽菜は居間のテレビで、大好きなアニメの録画を見ている。

ご飯にレトルトのカレーをかけ、できあいのポテトサラダとトマトを切っただけだったが、周史は美味しい、美味しいと言いながらむさぼるように食べた。

周史の仕事にクレームをつけてきたクライアントというのが、会社にとってもかなり重要な顧客だったようで、きつい言葉をかけられたのがこたえたようだ。

ふだんなら、向かいの置物の話など聞いてくれないのに、今日は丁寧に聞いてくれた。

クライアントは、乳幼児向けの離乳食を作るメーカーだと言っていたから、仕事上のトラブルを通じて、何か思うところがあったのかもしれない。クライアントの担当者は、中年の女性だとも言っていた。

家事に対して周史が持つイメージは、実体験に基づかない、ネットや雑誌の広告で得たものだ。男性も昔に比べれば子育てや家事に参加するようになったとはいえ、周史みたいにかゆいところに手が届かない「参加」のしかたもある。

疲れて帰ってきたのだからと、食べ終えた食器をキッチンに持って行こうと立ち上がった美晴を、周史は押しとどめた。

「大丈夫。自分でやるから」

食器をキッチンに運び、食べ残しや目立つ汚れをキッチンペーパーで拭《ぬぐ》って、食洗機に入れる。周史はふと顔を上げ、リビングにいる美晴と陽菜を見た。

「――こういう感じなんだな」

「こういう感じって?」

「対面式キッチン。あんまりこっち側に立つことがないから、妙な感覚」

「家族の絆を感じるわけ?」

つい、いたずら心で尋ねると、周史は「うわあ」と言いながら頭を抱えた。

「やめてよ、それ。傷に塩を塗り込む感じ」

なんでも、「家族の絆」みたいな空疎な言葉を連発する周史のプレゼンを聞いて、クライアントの担当者が、言ったそうだ。

(あなたは三歳のお子さんがいらっしゃると聞いたので期待してたんですが。そんな、よその広告から上っ面だけ持ってきたような言葉を使うのはやめてください。もっとあなた自身の実感のある言葉で語ったらどうですか)

——なるほど、傷口に塩ね。

「ちなみに美晴ならどう言う？　乳幼児の離乳食を、手軽に作れる缶詰とか瓶詰の宣伝なんだけど」

「んー。離乳食って意外に手間がかかるから時短はもちろんだけど、朝のあわただしい時間帯に、レンジで温めてる間に子どもの着替えができるとか、そんな感じかなあ。でも、当たり前の言葉しか出てこないよ、私」

周史が口をぽかんと開けた。

「——いや、その当たり前の言葉が欲しいだけなんだ。実感から出てくる言葉って、そういう意味だよね、きっと」

どうやら彼は、クライアントに叱られて一念発起し、家事や子育てに一家言持つ父になるつもりらしかった。

続くかどうかはわからないけれど、周史がそんなふうに変わってくれるのなら、美晴も大歓迎だ。

――いいことだけど。

「ママ、終わったよ」

アニメを見終えた陽菜がひじを引っ張った。

「そっかー、それじゃ歯を磨いて寝ようか」

録画の再生はとうに終わっていて、テレビの画面はリアルタイムで放映しているニュースをやっている。

「あ、子どもの誘拐事件」

市内の小学五年生女子が、家族と行き来のない祖父に連れ去られていた事件について、ニュース映像が流れていた。

予想した以上に「事件」として扱われているらしく、手錠をかけられて自宅から出てくる祖父が映っている。

美晴はふと、祖父の後ろにいる警察官らしき男性に目を留め、思わず大声を上げた。

「ど、どうした？」

周史がびっくりしている。

見覚えがある、この警察官。

――丘さんの夫だ。

くたびれたスーツ姿でネクタイはせず、固太りした大柄な体格だ。顔は一瞬映っただけだったが、間違いない。

――刑事さんだったのか。

誘拐事件を捜査していたのだ。だから、四日前から自宅に帰れないくらい忙しかった。誘拐事件のような大きな事件が発生すると、捜査本部ができて、警察署の体育館などに警察官が寝泊まりするのだと何かで読んだことがある。そうして、昼も夜もなく、行方不明になった子どもと、心配する親たちのために、必死で捜索を続けていたのだ。

――そういうことか。

ようやく謎が解けた。同時に、浮気じゃないかなんて、俗な想像をしていた自分が恥ずかしくなる。

丘さんの姪が退院すれば、明日の朝にはきっと、カエルの置物も別のものに替わっているに違いない。

それを見れば美晴も、会ったこともない丘さんの姪に、心の中でエールを送るだろう。いつか、元気な姿で対面できることを祈りながら。

新津きよみ

わたしの家には
包丁がない

新津きよみ

にいつ・きよみ

長野県生まれ。1988年『両面テープのお嬢さん』でデビュー。2018年『二年半待て』で徳間文庫大賞受賞。『女友達』『トライアングル』『ふたたびの加奈子』など多くの作品が映像化されている。

主な著書に『猫に引かれて善光寺』『セカンドライフ』『妻の罪状』『なまえは語る』などがある。

1

稲刈りを終えたばかりの田んぼを、小さな男の子が近所の子たちと一緒に声を上げながら駆け回っている。その姿を少し離れた場所から、両親が目を細めて見守っている。

麦わら帽子をかぶった母親のお腹《なか》は膨《ふく》らんでいる。二人目を身ごもっているのだろう。腹部を両てのひらでやさしく抱え込むようにしている。

「都会育ちのわたしが、こんなのどかなところに移住するなんて、夢にも思っていませんでした」

インタビューに答えて肩をすくめた母親が、「ねえ」と、視線を隣の夫に流して同意を求める。

お揃《そろ》いの麦わら帽子をかぶった夫は、言葉ではなくてちょっと困ったような笑顔を返す。その様子から、田舎暮らしを最初に提案したのは夫だったことが察せられる。

「ずいぶん迷ったんですよ。でも、転居してみたら、ここは空気も水もおいしくて、ご近所からはお米をはじめ野菜や果物もたくさんいただくし、地域のみなさん、とても親切にしてくれて感謝しています」

都会育ちという母親は、自分のもとに駆けてきた息子の頭を撫《な》でながら言葉を紡《つむ》ぐ。

「こうして、自然の中でのびのびと子育てができる喜びを感じています。都会にいたときは時間に追われるような毎日でしたけど、ここではゆっくりと時間が流れている気がするんです。……いまは、すごく……すごく幸せです」

2

「わたしには絶対無理。田舎に移住なんて、絶対に無理」

展子《のぶこ》は、テレビ画面を睨《にら》みつけるようにして、「死んでも無理」とさらにつけ加えると、リモコンを差し出してテレビを消した。

「こういう番組、最近増えているよね。定年世代が第二の人生を求めて地方都市に移住する姿を紹介したり、若い人たちが都会を脱出して田舎で新しい生き方を見つける姿を紹介したりする番組」

妹の真理《まり》が、りんごを手にキッチンに向かいながら言う。

「テレビではいいことしか言わないけど、引っ越してみたらコンビニもスーパーも近くになくてすごく不便なことに気づいたとか、町内会の役割を強制的に押しつけられて疲弊したとか、近所づき合いが盛んなのはいいけど、そのかわりほとんどプライバシーがないに等しいとか、いろいろ困った問題が生じるみたいよ」

展子は、最近SNSで目にした「田舎暮らしの失敗談」を思い出してそう返し、勢いに乗って言葉を重ねた。「大体、さっきの夫婦もそうだけど、移住を言い出すのはほとんど男から。単純に都会の喧騒《けんそう》を嫌ったり、仕事に疲れたりして、生活を百八十度変えてみようと思い立つ。田舎のほうが家賃が安いとか、子育てしやすい環境にあるとか、おいしい言葉で釣ってね。移住してみたら、全然違うじゃない、だまされた、って気づくのは大体女のほう」

「そうかもね」

シンク下の扉を開けた真理が、「あれ、包丁は？」と、訝《いぶか》しげな声を出した。

「ないよ」

「えっ？」

「切れ味がよくなかったから、ここに越してきたときに処分したの」

「処分したって……。新しい包丁は？」

「買ってないよ」

「台所に包丁がないなんて……」

真理が絶句して振り返る。「りんごの皮をむきたいんだけど」

「果物ナイフならあったかな。そのあたりの引き出しに入ってない？」

ため息をついたあと、きれいに皮をむき、食べやすい大きさに切り分けたりんごを皿にのせて、真理がテーブルに着く。そして、真正面から呆《あき》れたような表情で展子の顔を見つめて、おもむろに口を開いた。

「いくら料理嫌いだからって、包丁くらい用意しておけば？」

「だって、使わないもの。それに、キッチンばさみがあれば間に合うし」

「ふーん、そう。お姉ちゃんは変わっているから、いまさら驚かないけど」

変わっているのはあなたのほうよ、と心の中で言い返しながら、うわべは笑顔を繕って妹の言葉を聞き流す。

――青森のおばちゃんの家からりんごがひと箱届いたの。少しお裾分《すそわ》けするね。

休日の朝、真理が電話をかけてきて、午後一人で訪ねてきたのだった。

結婚して実家のそばに住んでいる真理には、青森の父親の実家から毎年りんごが送られてくるが、マンションで一人暮らしの展子のもとには送られてこない。何年か前に「贈り物をされても、昼間は会社に行ってるから誰もいないし、再配達してもらうのも面倒だし」と言ったら、それきり送ってこなくなった。

「包丁がなくてどうしてるの？　大根を切ったり、肉や魚を切ったりしないの？」

りんごをかじりながら、真理が包丁の話題を蒸し返す。

「スーパーにはカット野菜が売っているし、肉や魚が食べたければローストビーフや刺身や総菜を買えばいいし。まあ、何でもキッチンばさみで切れないこともないしね」

「りんごは果物ナイフで？」

「りんごなんて、はなから買わない。果物で買うのは、イチゴやブドウやみかんくらいね」

「包丁が不要なものばかりってわけね」

真理は、感心したように何度かうなずくと、部屋を見回してつぶやいた。「お姉ちゃんは、タワマンに住む独身バリキャリか」

「ここは、タワマンなんかじゃないわよ」

展子は、バリバリ働くキャリアウーマンを意味する「バリキャリ」と称されたことは否定せずに、「タワマン」だけ否定した。四十歳の誕生日を迎えた瞬間に、結婚も、子供を持つ人生も諦めた。だから、定年退職のその日まで独身バリキャリを通すつもりだ。

だが、住んでいるのは、明らかにタワーマンションなどではない。埼玉県川口市の十一階建ての中古マンションを三十年ローンを組んで購入したのは、三十五歳のときだった。中古とはいえ、西川口駅の近くで立地もよく人気のファミリータイプの3LDKの物件は、六年たっても値が下がるどころか値上がりを続けている。

「わたしから見たら、タワーマンションみたいなものよ。お姉ちゃん、すごいよ。パワフルだよ。女の細腕で……って、細くもないか、マンションをポンと買っちゃうんだもの」

すごいよ、と言いながら、妹が姉のことを全然羨《うらや》ましがっていないのは、その軽い口調からも伝わってくる。逆に羨んでいるのは、姉の展子のほうだった。

「で、そっちはどうなの？　二世帯住宅の住み心地は」

だから、妹の真理の話題に矛先《ほこさき》を向けた。

「ああ、うん、いいよ」

「うまくいってるの？」

「まあね」

「キッチンはどう？　使い心地は？」

中学生から幼児まで子供が三人いる真理は、実家の近くに夫の両親、および夫の祖父と暮らす四世代二世帯住宅を建てたばかりだ。電気施工会社に勤務する夫とは小学校から高校まで同窓で、調理師専門学校を出て三年後に結婚した。調理師免許を生かして保育施設の給食を担当していたが、二人目が生まれてからは仕事を辞めて子育てに専念している。

二世帯住宅を建てるにあたって問題になったのは、二階の真理たちの世帯と一階の親世帯のキッチンスペースを含むリビングダイニングの広さだったという。二世帯とはいえ、ときには食事を一緒にする。総勢八人が集まるダイニングキッチンとなると、スペースを広くとらないとならない。一階の親世帯、二階の子世帯、どちらのダイニングキッチンをメインにするか。

真理の夫の両親は、六十代でともにまだ会社勤めやパート勤めをしている。真理の夫の祖父は、九十歳近い年齢で足腰が弱っており、階段の上り下りが困難だ。家族団欒《だんらん》は、やはり一階でしたほうがいい。二階の個室はいまは二つだが、将来子供たちにそれぞれ個室を与えるとなれば、仕切って増やさなければならない。そうなると、リビングダイニングのスペースは広くはとれない。

調理師免許を持っている真理には、それなりに自分の理想とするキッチンがあった。対面式で大型の冷蔵庫が置けて、キッチンの隣に食品を収納するパントリーが設けられている。調理スペースは、料理好きな小学生の長女と並んで立てるように広めにとる……。

けれども、理想を追求しようとすると、個室のスペースが足りなくなるので、対面式も大型冷蔵庫もパントリーも広い調理スペースも諦めたのだった。

「悪くないよ」

理想から大きくはずれたキッチンの使い心地が悪くないと聞いて、展子は拍子抜けした。

「だけど、真理の思いどおりのキッチンにはならなかったんでしょう?」

「ああ、うん。でも、下のキッチンの使い心地がいいから」

口に入れたりんごをもぐもぐ咀嚼《そしやく》しながら、真理は気にするそぶりも見せずに答える。

「下って、お姑《しゆうとめ》さん世帯のキッチンでしょう?」

「うん。でも、いまはわたしのキッチンみたいなものね。ほとんど、そこで食事を作っているから」

「えっ? 真理が一階に入り浸りなわけ?」

「二世帯同居を始めてみたら、上の子の塾があるとき以外は、毎日ほとんど一階で夕飯を食べるようになってね。朝は忙しいから、パパも子供たちも二階で食べさせるけど」

「食事のしたくは真理の担当?」

「まあね。お義母《かあ》さん、パートがあるし」

姑は週に四日、近くのクリニックの受付事務をしている。

「真理は疲れないの? 毎日、自分たち家族以外にお義父《とう》さん、お義母さん、その上、入れ歯で固いものが苦手なおじいちゃんの介護食まで作ってあげて」

「別に。料理する手間なんて同じだし。それに、一階のキッチン、広々として使いやすくて快適なんだ。まとめて全員分作るほうが経済的だしね」

「そう」

ふーん、と展子は大きくうなずくと、続いて大きなため息をついた。これがわが妹のすごいところだ、と思った。人に合わせられる。環境に順応できる。その点は羨ましい。だが、裏を返せば、それは〈自分というものを持っていないせいだ〉とも思う。逆に、展子は自分というものを持ちすぎている。自己主張しすぎる。人に合わせられない。歩み寄れないから、恋人ができても、ちょっとしたことで諍《いさか》いになって長続きしない。誰とも一緒に暮らせそうにないのだ。

「じゃあ、いまの二世帯同居に不満はないの？」

「まあね。お義母さんがいてくれるから、今日も子供たちを預けて、こうして出てこられるわけだし」

「そう」

つまらない、と展子は内心で舌打ちした。二世帯同居のストレスからくる愚痴《ぐち》を聞かされるのを楽しみにしていたのに。

「真理、あなたは偉いよ。家族のために尽くして、夫の家族のために尽くして、さらには自分の父親のご飯の世話までしているんだから」

それは、本心から出た言葉だった。展子と真理の母親が二年前に心筋梗塞《しんきんこうそく》で亡くなってから、真理は一人になった父親のためにおかずを密閉容器に詰めては届けているのである。

「あっ、それはもうなくなった」

真理が、万歳するように両手を広げて言った。

「なくなった?」

「お父さんが『もう届けなくていい』って」

「へえ、そうなの。自分でやる気になったんだ」

台所に立ったことのないあの父親が、と首をひねった展子に、予想外の言葉が返ってきた。

「お父さん、ご飯を作ってくれる女の人ができたみたい」

「女の人って……」

言葉を失った。父親は今年七十一歳になる。

「どこだかのカルチャーセンターで知り合った人みたいだよ。合気道だか太極拳だか。もうひと月になるかな」

興味なさそうに答える真理に腹が立った。

「どうしてすぐに教えてくれなかったの？」

「だって、お父さんのことなんて聞かれなかったし」

父親のことは、すべて真理に任せてノータッチだったのは事実だった。

「あの年で再婚なんて言い出されたら、困るじゃないの」

「そうかな」

と、真理は首をかしげる。父親の女性関係に無頓着《むとんちゃく》なのも、すべてをすんなり受け入れるという真理の才能の一つかもしれない。だが、展子はそうできない。簡単に認めさせられてたまるものかと思う。

「どんな女性か、この目で確かめてやるから」

展子は、その場ですぐに父親に電話をした。

3

「青森から出てきて、汗水垂らして働いて、親戚が一人もいない東京に家を建てたんだぞ」

それが、展子の父親、溝口治夫《みぞぐちはるお》の自慢だった。酒が入ると必ず口にした。東十条は東京だが、世田谷の成城あたりのもっとお洒落《しやれ》な家が実家だったらな、と何度思ったことか。

しかし、東京に家を建てたのに間違いはない。

注文住宅ではなく、以前は一部上場企業の重役が住んでいたという屋敷を取り壊し、そこを六区画に分けて売り出した建売住宅の一番手前を、治夫はローンを組んで購入したのだった。ローンは払い終えている。

ヒイラギの生垣越しに猫の額ほどの庭がのぞける木造二階建ての家。狭いながらも、展子も真理も二階に個室を与えられていた。個室があったからこそ、展子は思う存分受験勉強に集中することができて、第一志望の高校にも大学にも合格することができた。そして、大手の菓子メーカーに就職し、コンビニを中心に展開する商品の開発チームの主任を務めるまでになった。

——お父さんが再婚なんて話になったら、ここはどうなるの?

小学校に上がると同時に、板橋のアパートから越してきた家である。愛着もあれば、執着もある。アルミの門扉を開けたところが駐車スペースになっていて、年代物の自家用車の横をすり抜けるようにして玄関までの短いアプローチを歩く。

実家の鍵は持っている。玄関扉に手をかけて、深呼吸をした。訪問することは伝えてある。中には、父と一緒に交際中の女性もいるはずだ。「米田《よねだ》さんがいるときに来ればいい」と、電話で治夫は言っていた。女性の名前だけ告げて、「あとは会ったときに話すから」と。

玄関扉を開けると、油と香辛料の匂いが漂ってきた。何か作っているらしい。リビングダイニングに入って、展子は仰天した。

キッチンに治夫が立っている。少し猫背になって、フライパンで何やら炒め物をしている。

「お父さん、何してるの？」

「おう、展子か。何って、料理に決まってるだろう。おまえ、昼飯はまだだろう？　炒飯を作ってやるからな」

「やめてよ」

展子は、思わず治夫に駆け寄って、フライパンを持つ手をつかんだ。

「危ないじゃないか」と、治夫がよろめき、あっちへ行け、というふうに菜箸を持った手で展子を追い払う。

「展子さん、ごめんなさい」

背後から声がして、はじめてそこで振り返った。

リビングのソファに大柄な女が寝そべっていた。その女——米田雅美がのろのろと起き上がり、顔をしかめて申し訳なさそうに言った。

「わたしがすべきなんだけど、腰を痛めちゃって」

「そうなんだよ。米田さん、うちの台所が合わなくて。ほら、流しや調理台は、佳子《よしこ》の背丈に合わせてオーダーしたものだからさ」

父親の口から亡き母の名前が出た途端、展子の頭に血が昇った。

「お父さん、お母さんが生きていたときは、台所に立ったことなんて一度もなかったじゃない」

「まあ、そうだけど。いいじゃないか、いまは多様性の時代だ」

ハハハと笑って、治夫はフライパンの火をとめた。「炒飯というよりただの焼き飯だが、味は保証する。米田さん直伝《じきでん》だからね」

――何が「多様性の時代だ」よ。

腹の底からこみあげてくる憤《いきどお》りを抑えながら、展子は、必要な情報を仕入れるのが先決だ、冷静になれ、と自分の胸に言い聞かせた。

治夫が作った焼き飯と、インスタントの味噌汁が食卓に並んだ。

「さあ、うまいぞ。食べてみろ」

「おいしいかどうか。直伝だなんて大げさよね。隠し味にシイタケのスープの素を加えただけなの」

米田雅美は、隣の治夫とはす向かいに座った展子に交互に視線を投げながら、遠慮がちに言う。

人が作ってくれたものは黙ってありがたくいただく。そういう教育はきちんと受けている。いただきます、と手を合わせると、展子はご飯茶碗に盛られた焼き飯に箸をつけた。

静かに食事を進めながら、はす向かいの米田雅美を観察する。身長は百七十センチ近くあるだろうか。下手したら治夫よりも高い。長身でショートカットでエラの張った顔。小柄で丸顔で長い髪を後ろで束ねていた展子の母親、佳子とは真逆の容姿だ。

「ごちそうさま。とてもおいしかったです」

お父さんって悪趣味ね、と内心で毒づきながら、食べ終えて手を合わせる。うそではなかった。焼き飯はベタついてはいたものの、ちょうどよい塩加減だった。

治夫は食卓を片付けると、食後のお茶まで率先していれてくれた。治夫が席に落ち着くのを待って、展子は切り出した。

「お父さん、これは子供として大切なことだと思うから、はっきり聞かせてもらうけど、お二人はどういう関係？」

「どうって……」

と、米田雅美が困惑したように眉を寄せて、隣の治夫に救いを求めるような視線を送る。

「北区のカルチャーセンター仲間だよ。太極拳教室のお友達」

と、米田雅美の視線を受けて、治夫が答えた。

「お友達以上ではないって意味？」

「それは……わからんな」

「わからない？」

今度は、展子が眉を寄せる番だった。

「お友達以上の関係になるかもしれないし。そう……人生のパートナーに」

「じゃあ、結婚も視野に入れているってこと？」

「そうなの？」

と、頓狂《とんきょう》な声を上げながら、米田雅美が治夫に身体《からだ》ごと向けた。二人のあいだでは、まだそういう話には進展していないらしい。

「多様性の時代だから、別に結婚という形をとらなくても、単なるパートナーでもかまわないんじゃない？」

籍を入れられてはたまらない。十年たてば、治夫は八十一歳。男性の平均寿命に達する。

展子は、そのころまだマンションのローンを返済中だ。父親の死後、東京の実家を誰がどう相続するかは、極めて重要な問題なのである。

「まあ、それは、子供のおまえに口出しされることじゃない」

「米田さんはおいくつですか？」

父親を相手にするのはやめて、ターゲットを米田雅美に絞った。

「六十四歳です」

「お仕事は？」

「宅配会社の営業所で事務の仕事を」

「失礼ですが、ずっとお一人で？」

「バツイチなんです。上の子が中学生のときに離婚して」

「お子さんは？」

「うちと同じだ」と、治夫が割り込んで答える。

「そうなの。娘が二人で、上の子は家庭を持って福岡にいるんです。下の子は看護師で、さいたま市内に住んでいるわ」

「娘さんたちは、お母さんが父と交際していることはご存じなんですか？」

「ええ、話しています。二人とも理解を示してくれていると思うけど」

「では、わたしがさいたま市にお住まいの娘さんと直接お会いしてもよろしいでしょうか。本当に、父みたいな家の中のことを何もしない男でいいのかどうか、娘さんにおうかがいしたいので」

展子は、米田雅美に娘の連絡先を聞いた。

4

米田里香《りか》が待ち合わせ場所として指定してきたのは、浦和駅の近くのデパート内のカフェだった。

指定された時間に行くと、驚いたことに、彼女には連れがいた。見たところ三十歳前後の米田里香の隣には、同年代と思われる男性が座っている。深刻な場に同席しているのだから、夫なのか恋人なのか、いずれにせよ、それなりに親密な関係にあるのだろう。早く着いていたのか、二人の前にはすでにコーヒーカップが置かれている。

「お忙しいところ時間をとらせてしまい、すみません。でも、お互いの親のことですし、はっきりさせておいたほうがいいと思いまして」

そんな切り出し方をした展子に、

「単刀直入におっしゃってください。わたし、オペ室担当で、けっこう忙しいんです。これからまた病院に戻らなくてはいけなくて」

と、のっけから不躾《ぶしつけ》とも感じられる口調で、米田里香は応じてきた。

「では、単刀直入にうかがいます。お母さまがわたしの父と交際しているようですけど、娘としてどう思われますか？」

展子はカフェラテを注文するなり、米田里香の要望どおり質問を急いだ。

「母がそちらのお父さまとのおつき合いを決めたのなら、わたしは静かに見守りたいと思います」

「将来、結婚するという話になったら、どうしますか？」

「母の意思を尊重します。二人が結婚したければ、それでいいと思います。反対はしません」

「反対はしないって……。でも、籍を入れるとなれば、いろいろと面倒な問題が生じることになりますし」

「母はあれですごく苦労しているんです。そちらにはどう伝わっているか知りませんが、父は家庭を大切にしない人で、母は何度も浮気をされて……。だから、母には幸せになってほしいんです」

米田里香は、自分の思いをきっぱりと言うと、注文した飲み物分の料金をテーブルにきっちり置くなり立ち去った。

残されたのは、展子と、紹介もされなかった米田里香の連れの男だった。

「失礼ですが、あなたは？」

展子は、それまでひとことも発しなかった男に聞いた。

「松永浩斗《まつながひろと》です」

米田里香との続柄を聞いたつもりの展子に、男は名前を答えた。

「米田里香さんとは……」

「別れました」

「別れたって……離婚したんですか？」

「まさか」

と、男――松永浩斗が破顔した。「何というか……会うのは今日で三度目だったんですけど、『やっぱりつき合えない』って言われて」

「ふられたってことですか？」

「まあ、そうです。そんな感じです」と、松永浩斗は首をすくめた。

「それで、何でここに？　どうして一緒に？」

「彼女、合理的で、正直で、本当に忙しい人なんです。『もう一度会って話をしたい』と言ったら、この店を指定されて、ここで最終的な話し合いをして、それが終わったら、あなたが来て。『帰って』とも言われなかったので、一緒にいました」

「それじゃ、大体、話は呑み込めているのよね。二年前に妻を亡くしたわたしの父と、バツイチの米田里香さんの母親が交際していて、結婚するかどうかっていう事態に至っているんだけど」

「ええ、呑み込めています」

「じゃあ……あなたはどう思う？　あなたの意見は？」

部外者の意見を聞いても詮ないことはわかっていたが、何となく彼の考えを知りたくなった。

「うーん、ぼくも本人同士の気持ち次第だと思います」

「そう」

部外者は、無責任にそう答えるだろう。

「米田里香さんとは、何がきっかけでおつき合いするようになったの？」

明らかに年下の男性には、迷いなくタメ口で話すことができる。

「婚活の合コンみたいなものです。初回で米田さんとマッチングしたので、二人でデートして、それで……」

「その流れで別れを告げられたというか、これ以上つき合えないと言われたのなら、デートの印象が悪かったんじゃない？　だって……」

あなた、イケメンだし、スラリとしているし、容姿でふられたわけじゃないでしょう？　という言葉は、容姿至上主義者のようで口にするのはためらわれ、そんな言い方でふられた原因を探ってみる。

「まあ、断られるのは覚悟していたんです。いままでもマッチング率は高くても、そのあとが続かなくて。ぼく、条件悪いですから」

松永浩斗は、苦笑して言った。歪《ゆが》みの生じないきれいな顔立ちだ。

「条件悪いって、もしかしてフリーター？」

「いいえ。ゲーム会社のシステムエンジニアをしています」

「ふーん、お給料はよさそうじゃない。年齢は？」

「米田さんが三十一で、ぼくは二十九です」

二十九歳か。わたしとひとまわりも年が違うのね、と展子は素早く計算する。

「年下の男はダメとか言われたの？」

「いいえ。ぼくは一人っ子なんです」

「いまの少子化の時代、一人っ子の男性が敬遠されるとは思えないけどね」

「母一人子一人の家庭で育ったんです」

「あ……そういうことね。お母さんはおいくつ？」

「五十三歳です」

わたしとひとまわりしか違わないじゃないの、と展子はふたたび計算する。

「女手一つで育ててくれて、大学まで行かせてくれた母には感謝しているんです。それで、結婚してもいずれは一緒に住みたいと思って。だけど、将来設計でそう口にすると……」

「それはダメよ。婚活市場では、『ぼくと結婚したら、もれなく姑がついてきます』と言っているようなものじゃない。そんな男は最初からハネられるわよ」

展子は、激しく首を横に振って言った。

「そうなんです。だから、大体会って二、三回でふられるんです」

「お母さんといま同居しているわけじゃないんでしょう？」

「ええ、母は群馬の渋川《しぶかわ》に住んでいます」

「だったら、最初から同居の可能性なんか匂わせないほうがいいって」

「でも、うそはつきたくないんで」

「うそはつきたくないって……。だけど、そしたら永遠に結婚相手なんか現れないわよ」

「そうですかね」

「何でそんなに結婚したいの？」

「ぼく、子供好きなんです」

「あ、そうなの」

途端に白けた気持ちになった。

先日読んだ週刊誌の婚活特集記事が脳裏によみがえり、吐き気さえ覚えた。四十六歳の男性が「理想の結婚相手は？」という質問にこう答えていた。「子供が三人ほしいので、できればお相手の女性は二十五歳くらいまでがいいです。自己実現を忘れずに仕事も続けてほしいし、家の中を快適に保ちたいから家事も得意な人がいいですね」と。展子は「ふざけるんじゃねえ！」と叫び、その週刊誌を床に叩《たた》きつけたのだった。そんな都合のいい若い女なんてこの世に存在するはずがない。

「わかった。じゃあ、松永さん。このお姉さん、溝口展子が、あなたの婚活が成功するための知恵を授けてさしあげましょう」

展子は開き直って、「任せときなさい」と、わが胸を拳で強く叩いてみせた。「場所を変えない？　どこかお酒が飲める場所に」

「大体、展子なんて名前もね、田舎くさくて大嫌いなのよ。なかなか『のぶこ』って読んでもらえないし。中学生のときは『てんこ』って呼ばれていてね。命名した本人、つまり父は、『いい名前じゃないか。発展とか展開とか展望とか進展とか、展という字には、広がりや伸びが感じられる。展子は、前向きな気持ちになれる名前だぞ』なんて悦に入っていたけど、わたしは妹の『真理』って名前が羨ましくてならなかった。こちらも、『真理を求める、からとった漢字で、ちゃんと意味はある。おまえのときの命名と大差ない』なんて父は言っていたけど、『展子』と『真理』じゃ、天と地ほどの違いがあると思わない？」

生ビール、スパークリングワイン、白ワイン、赤ワインと飲み進めるうちに、気がついたら展子は、効率的で賢い婚活に関して松永浩斗に助言するどころか、彼を愚痴のはけ口にしてしまっていた。腹の中に鬱憤《うっぷん》がたまりにたまっている。

「近くに行ってみたい店があるんです」

そう言って松永浩斗が連れてきてくれたイタリアンレストランで、二人はテーブル席に向かい合って座っている。テーブルにはシーザーサラダのほか、二種類のピザが並んでいる。

「だけどね、うちの父が男尊女卑の男かというと、それは違うの。母のことは大好きで、母に向かって、わたしたち子供が恥ずかしくなるくらい『愛しているよ』なんてのろけも言ったりしていた。決してモラハラ男ではなかったと思う。わたしたちが小さいころ、母が体調を崩して台所に立てなかったときは、バナナやみかんやお粥《かゆ》を買ってきてくれた。新築の建売住宅を買って、そこの台所が小柄な母には高さが合わないとわかったときは、流しや調理台を母の身長に合わせてオーダーメイドのものに入れ替えたりしてね。けっこうお金がかかったはず」

「やさしいお父さんだったんですね」

短く挟む合いの手が、展子の耳に心地よく響く。

「やさしいというか、変なところが鈍感で、変なところが敏感というか。だけど、わたしはイヤだったの。母がずっと台所に立っているのが。専業主婦の母は、朝から晩まで台所にいたような感じだった。クッキーやケーキを焼いたり、漬物や梅酒はもとより、和菓子やジャムまで作ったりしてね。父に言わせれば、『いいんだよ。お母さんは、料理が好きだし、得意なんだから』ってことになるんだけど、わたしの目には、ただ母に甘えているだけみたいに映って。母に聞いたこともあったのよ。『お母さん、毎日料理を作るのって面倒じゃない？　料理に追われる人生って空しくならない？』って。そしたら、母は『そんなことないよ。お母さんは、台所で手を動かすのが性に合っているの。料理を作るのが好きなのよ』ってね」

「お母さんが『料理を作るのが好きなのよ』と言ったのなら、本当に料理が好きだったんじゃないのかな」

簡単にまとめた松村浩斗をきっと睨みつけて黙らせると、展子は話を続けた。

「お正月に父の青森の実家に行くと、親戚がお座敷にいっぱい集まっていてね。料理を作ったり運んだりするのは母をはじめ女の人たちで、男の人たちは座ってお酒を飲んだり料理を食べたりして、酔っ払って大声で騒いでいるだけ。女の人たちがゆっくり座っている姿なんて見たことがなかった。その光景もイヤだった。子供ながらに、性別による役割分担に嫌悪感を覚えたんでしょうね。そのとき心に決めたの。大きくなったら、台所に長時間いなくてもいい生活、そう、包丁を持たない生活をしようってね」

包丁という言葉を出したときは、なぜか松村浩斗は反応しなかった。

「同じ母親から生まれて、姉妹でどうしてこうも性格が違うのか、ときどき不思議になるの。妹は勉強は苦手だったけど、料理が得意で、母と一緒によく台所に立っていた。高校を卒業したら、調理師の専門学校に進んでね。いまも毎日ほぼ八人分の料理を作っているわ。その妹から、お父さんに交際している女性がいるって聞かされて。実家に行ったら、父が台所に立って炒飯ならぬ焼き飯を作っていたの。その姿を見たら、わたし……」

「お母さんが生きていたときには台所にも立とうとしなかったお父さんが、なぜいま嬉々《きき》として台所に？　そう思ったら、お父さんのことが許せなくなった。複雑な感情が相手の女性、米田里香さんの母親にも向けられた。そういう形ですか？」

松永浩斗が、展子の心理状態を自分の言葉で的確に分析した。あたってはいたが、認めたくはなかった。

酔いが回り始めた展子のために水を頼んでから、松永浩斗は、「で、展子さんの家には包丁がないんですか？」と、真顔で聞いてきた。

「やっぱり、そこ？　そこにこだわっていたのね」

展子は、笑って答えた。「そう、ないわよ。一本あったけど、使わないからだいぶ前に捨てちゃった」

やっぱり、この男もそうか、と心の中でひとまわり年下の彼に失望していた。いままでつき合って、家に上げた男は何人かいたが、いずれも料理をしないばかりか、包丁すら持たない女と知って、「いいんじゃない。別に料理なんかしなくても」と理解を示すような言葉を口にしながらも、結局は離れていった。

「ぼく、展子さんの家に包丁を持っていきますよ」

と、松永浩斗が言った。こちらに振り向けた顔は、表情が和《やわ》らいで目も輝いている。

「マイ包丁で料理してあげますよ。料理は好きなんで」

6

——なぜ、包丁を持って料理をしにうちに来ていいよ、などと言ってしまったのか。

あの晩、かなり飲んだせいだろう。途中からの記憶があやふやで、展子ははっきりとは思い出せなかった。けれども、「松永さん、あなた、そんなに料理が好きなのだったら、婚活市場でもそれを売りにすればいいじゃない。料理が得意な男は需要があるわよ」と勧めた記憶は残っていたので、今後の婚活において何かしらの建設的なアドバイスはしただろうと思われた。その過程で、料理の腕前を見るために自分の家に誘ったのでは、と推察したのだった。

「明日十二時、包丁と食材、持参しますね」

金曜日の夜、ＬＩＮＥでリマインドのメッセージがきたので、ああ、酔っていても、夜ではなくて昼間に来てね、という誘い方はしていたのか、と展子は理性を失わなかった自分に感心した。わたしは松永浩斗よりひとまわりも年上なのだ。もとから交際を視野に入れていない関係とはいえ、男女の仲である。夜間に自宅に男を招き入れるのはまずい。ところが、土曜日の昼を過ぎてもマンションのチャイムは鳴らなかった。「遅れます」という連絡も入らない。「何かあった?」とメッセージを送ってみても、返事はない。

——すっぽかされたのか。

展子は、苛立《いらだ》ちが怒りに、怒りが自虐的な感情に変化していくのを覚えた。そうよね、貴重な休日を割《さ》いて、二十九歳の男がひとまわりも年上の女とつき合う気になれるわけないよね、ともう一人の自分の声が耳元でささやく。しかも、包丁を持って料理を作りに来るなんて、そんな面倒なことをするわけがない。わたしに会いに来る時間を、婚活のためにもっと若い女性と会う機会にあてたほうが効率的だ。

「あーあ、待つのはよそう」

そう声に出して、大きな伸びをしたとき、展子のスマートフォンが鳴った。

知らない番号から電話がかかってきている。出なければいけない、と直感が訴えかけてきた。

「もしもし?」

応答した展子に、男の声が早口で何か言った。松永浩斗の声ではない。興奮していたのでよく聞き取れなかったが、「警察」というワードだけは聞き取れた。

「あの、どうかしたんですか？　何があったんですか？」

肝を冷やしてたたみかけた展子に、

「松永浩斗さんという方をご存じですか？」

と、電話の男性が聞いた。

「松永君がどうかしたんですか？」

われ知らず、君呼びしていた。

「電車の中でトラブルがありまして。松永さんは、今日、そちらのお宅に行かれるご予定だったとか」

「そうです。わたしの家に来る予定です。待っていたけど、来なくて心配していたんです。松永君、わたしのためにマイ包丁で料理を作ってくれるって約束して、それで……」

「そうですか。電車への刃物の持ち込みは禁じられているのですが、松永さんの持ち物に包丁があるのを乗客が見つけて、それで……」

「わたし、そちらに迎えに、いえ、引き取りにうかがいます」

駅名だけ聞いて電話を切ると、展子は家を飛び出した。

7

顔にぼかしは入っているが、全体のシルエットは、確かに松永浩斗のものだった。

「ほら、すごいですよ。炎上しています。ぼく、SNS上で有名人になっていますよ」

と、松永浩斗が見せてくれたスマホの画面に、展子はしばらく見入っていた。

それは、電車に乗り合わせた誰かが撮影した動画で、SNSのX（旧ツイッター）にいち早くアップしたものらしく、騒ぎが起きてから一人の男性が乗客たちに取り囲まれるまでの様子が映っていた。

「刃物だ」「包丁？」「包丁だって」「粉もある」「粉って、何？」「覚せい剤？」「ヤダ、危ない人じゃないの？」……。緊迫した空気の中で、男性の声も女性の声も上がっている。

コメント欄には、「調理師でも寿司職人でもないみたいだよ」とか「恋人の家に包丁を持っていく途中って、うそだろ？」などと書き込まれている。

「もう、見るのはよそう」

展子は、松永浩斗の手からスマホを奪い上げて、ため息をついた。

駅前の交番に彼を迎えに……というより、身柄を引き取りに行ったときの光景が脳裏によみがえり、胸の奥がじんと熱くなった。展子の姿を見るなり、松永浩斗はパッと明るい表情に変わり、手を差し出してきた。展子はその手を固く握り、二人はしばらく見つめ合っていたのだった。

彼から聞いた車内での経緯をまとめると、次のようになる。

作りたい料理の食材を揃えたら、道具も含めて大型のリュックに満杯になった。そこで、リュックの外ポケットに布を巻いた包丁を収納した。乗り込んだ京浜東北線で車内が混んできたので、胸に抱えていたリュックを網棚に上げようと持ち上げた。そのとき、外ポケットから包丁が床に滑り出た。布を巻いてはあったが、包丁の先端が布からのぞいて、それを見つけた女性が「きゃあ」と悲鳴を上げた。誰かに紐《ひも》を引っ張られて、リュックも床に転がった。別の外ポケットからは小麦粉の入ったポリ袋がのぞき、それを見つけた乗客が「粉もある」「覚せい剤？」と口走った。その後、あっというまに乗客に取り囲まれて騒ぎになり、停車した駅で複数の乗客にホームに引きずり出された。駆けつけた駅員に駅員室で事情を聴かれたが、納得がいかなかったのか、警察を呼ばれ、駅前の交番でさらに追及されて、電話をかける暇も自由もなかったという。

「ぼくは一生懸命訴えたんですよ。『彼女の家に持っていく包丁です』って。『彼女の家には包丁がないんです』と言っても、誰も信じてくれなくて」

「そんな話、誰も信じないでしょうね」

災難だったというのに、展子は笑ってしまった。

「とにもかくにも、疑いが晴れてよかった。じゃあ、松永君、あなたの得意料理を作ってもらいましょうか。楽しみにしていたから、今日まであえて料理名も聞かなかったのよ」

「了解しました。ではでは」

松永浩斗は、おどけた受け答えをしながら、騒動で少し汚れのついたトレーナーを展子が貸してやったエプロンで隠しながらキッチンに立つ。

展子は、その様子をソファに座って観察していた。調理台に置かれた材料から、彼が作りたいものが何か把握できた。粉類は強力粉と薄力粉とドライイーストで、オリーブオイルの瓶と粉チーズの容器とトマト缶が並べてある。ボウルや生地を延ばすためのシートや延ばし棒などの道具も用意されている。これで作れるのは、ピザしかないだろう。

「冷蔵庫のものや台所にあるもの、何でも使っていいよ。ろくなものがないかもしれないけど」

展子の言葉に従って、冷蔵庫の中をのぞいた松永浩斗は、「これは使えますね」と言って、ミニトマトが入ったパックと、展子がワインのおつまみに欠かしたことのないピクルスの瓶を取り出してきた。

展子は座ったままの姿勢で、松永浩斗の長くて白い指先が、ぬるま湯を加えた生地をこねたり延ばしたり、器用に優雅に動くのをうっとりと眺めていた。

「本来は発酵にもっと時間をかけるんだけど、今日ははしょって、ちょっと生地を寝かせる程度で作りますね。それでも、ソースにこだわって、お気に入りの具をのせればおいしく食べられますよ」

その言葉にうそはなかった。

みじん切りにした玉ねぎをしんなりするまでオリーブオイルで炒め、カットトマトとケチャップと醤油《しょうゆ》を加えて、塩や砂糖や胡椒《こしょう》で味を調えたソースを、寝かせた生地に丁寧に刷毛《はけ》で塗り、刻んだミニトマトとピクルス、それに彼が持ってきたピーマンとサラミソーセージとバジルを散らして、オリーブオイルと粉チーズで味つけしただけなのに、それまで料理を温めることにしか使ってこなかったオーブンレンジで焼き上がった特製ピザは、陳腐な表現だが、ほっぺたが落ちそうになるほどおいしかった。

「出来立ては何でもおいしいし、よく研いだ包丁で切った野菜はおいしいんです」

しかし、「おいしいよ、これ。すごくおいしい」と、展子が「おいしい」を連発しても、松永浩斗は謙遜するばかりだった。

「サラダも作りますね」

途中でダイニングテーブルを離れてまたキッチンへ行き、カット野菜と残りのミニトマトとピーマンと買い置きしてあったツナ缶を使って、ささっとサラダを作ると、食器棚から料理に見合うような白い皿を選んで盛りつけ、運んできた。皿をチョイスするセンスもいい。

「ドレッシングが冷蔵庫にあるけど」

立ち上がろうとした展子を「大丈夫です。ツナ缶の汁にオリーブオイルと醤油を加えて味つけしてありますから」と、松永浩斗は手で制して微笑《ほほえ》んだ。

「なるほど、松永君って料理が上手ね。手際もいいし。せっかくだから、とっておきのイタリアのワインを開けようか」

展子は、冷蔵庫からドレッシングではなく、白ワインを出してきた。スーパーで一本三千円で売っていたものだ。それでも、家のローンを返済中の身には高級ワインの部類に入る。

「ピザはイタリアで生まれたものだから、やっぱり、イタリアのワインが一番よく合いますね」

松永浩斗がワイングラスを明かりにかざして、ワインの色合いを確かめながら言った。

雰囲気を出そうとシーリングライトを消して、フロアの間接照明だけにしている。

ワインが食欲を促進して、またたくまにピザもサラダも完食してしまった。

展子はワイングラスを持って、ダイニングテーブルの椅子からリビングのソファに場所を移した。同じようにグラスを手に、松永浩斗も隣に座る。

「夢なんです」

そこで、唐突に松永浩斗が言った。「ピザ職人になるのが、ぼくの夢なんです。それで、いまは、評判のレストランを食べ歩いているんです」

「そうなんだ。それで、このあいだもピザを二種類頼んでいたのね」

合点がいった。先日のイタリアンレストランで、彼はメニューをじっくり見ながら、展子が選んだ定番のマルゲリータのほかに、四種類のチーズを用いたクアトロ・フォルマッジを注文した。

「で、その夢は、婚活でデートまでこぎつけた女性に打ち明けたことがあるの？」

「いいえ」

と、松永浩斗は首を横に振る。「実家の裏にある土蔵を改築して、そこに薪窯《まきがま》を設置して、そこでピザを焼いてお客さんに食べてもらうのが、ぼくの夢なんです。でも、その話をすると、転職と移住に同意してもらうことが前提になるので」

「そうか。転職と移住ときたら、女性のほうも二の足を踏んじゃうよね。実家にはお姑さんもいることだしね」

「やっぱり、ダメですよね。ぼくって条件悪いですよね」

ふっと笑って、松永浩斗が顔をこちらに向けた。

近い。顔が近すぎる。いや、近づけているのはわたしのほうだ。何だか自分の目がとろんとしている気がする。

「ぼく、展子さんのことが好きになりそうです」

至近距離で美しい形の唇が動き、その唇からそんな言葉が繰り出された。

「好きになりそうって……わたし、あなたよりひとまわりも年上なのよ」

「でも、干支《えと》は同じですよ」

「干支が同じだからって……」

唇が唇で塞《ふさ》がれて、言葉がとぎれた。

8

「都会育ちのわたしが、こんなのどかなところに移住するなんて、夢にも思っていませんんでした」

インタビューに答えて肩をすくめた展子は、視線を隣の夫――浩斗に流した。

浩斗は、困ったような笑顔を返してくる。

薪窯で焼くピザがおいしいと評判のレストランを取材したいと、ローカルテレビ局が展子たち夫婦のもとを訪れている。

二人目をお腹に宿している展子は、店の前に置いたベンチに座り、取材を受けている。稲刈りを終えた田んぼが眼前に広がり、そこを二歳半になる長男が近所の子たちと一緒に駆け回っている。帽子をかぶっていても、日差しがまぶしい。

その光景を眺めながら、展子は、浩斗と出会ってからこの地に移住するまでの日々を思い起こしていた。

たった一度の交わりで、展子は妊娠した。四十一歳での妊娠。産婦人科クリニックで「妊娠しています」と告げられても信じられず、別のクリニックでセカンドオピニオンを受けようとしたくらいだ。

――思いがけなく授かった命だ。

産みたい。そう思った。だが、仕事はどうする。マンションのローンも残っている。

とりあえず、浩斗に妊娠したことを告げた。

「展子さん、結婚しましょう」と、浩斗は迷わず「結婚」を口にした。

「結婚って……わたしは、あなたよりひとまわりも年上なのよ」

「でも、お腹の子はぼくの子ですよね」

浩斗は今度は、「でも、干支は同じですよね」とは言わずに、真剣な表情をしてそう言った。

「だけど、結婚となれば、どこに住むか、仕事はどうするか、いろいろ考えなくちゃいけない問題が生じるのよ」

「ぼくの実家に引っ越しましょう。渋川から東京まで通えばいいじゃないですか」

「遠すぎるわ。産んだあとの育児もあるし、わたしは責任ある仕事を任されている身なのよ」

「でも、ぼくの実家に来れば、母もそばにいるし、子育てを手伝ってもらえます。母も歓迎します」

「それにしても、やっぱり、通勤には遠すぎるわ」

そんなやり取りをしているうちに、展子の脳裏に将来の家族の姿が浮かんできた。子供が自然の中でのびのびと成長する姿だ。できれば、都会を離れて自然に恵まれた環境で子育てをしたい、と切実に思った。

二か月考えた。そして、結論を出した。愛する人が夢を叶《かな》えるための手助けをしよう。仕事は辞めて、渋川に移住しよう、と。

ローンが残っていた川口のマンションを売りに出した。マンションは値上がりしていて、ローン残債を完済してもなおお釣りがきた。浩斗の貯金に自分の貯金も足して、彼の実家の土蔵を改築し、お洒落なカウンターバー付きの土蔵レストランをオープンさせると、店は彼に任せて、自分は仕事を探した。幸い、辞めた会社の取引先から「リモートワークでもできる商品企画の仕事をしませんか」という誘いがきた。

現在は、義母に育児に協力してもらいながら、自宅でリモートワークをしている。レストランの経営が軌道に乗ったら、仕事を辞めて手伝ってもいいと考えている。包丁を持つ仕事は手伝えないが、配膳や接客ならできる。地域の人たちが新鮮な野菜や果物を届けてくれて、それがピザの具材になることも多い。

「展子さんは、大手企業で責任あるポストに就《つ》いていたとうかがいましたが、お仕事を辞めてこちらに移住するのは、大きな決断だったのではないですか？」

最後に女性アナウンサーが質問した。

「ええ。確かに大きな決断ではありました」

展子は、自分のもとに駆けてきた息子の頭をやさしく撫でながら答えた。「都会にいたときは時間に追われるような毎日でしたけど、ここではゆっくりと時間が流れている気がするんです。……後悔はしていません。……いまは、すごく……すごく幸せです」

永嶋恵美

お姉ちゃんの実験室

永嶋恵美

ながしま・えみ

福岡県生まれ。2000年『せん-さく』でデビュー。'16年「ババ抜き」で第69回日本推理作家協会賞短編部門を受賞。

主な著書に『転落』『明日の話はしない』『ベストフレンズ』『視線』『一週間のしごと』、「泥棒猫ヒナコの事件簿」シリーズなどがある。

ドアを開けるなり、「お帰り」と声が聞こえた。表にまで何かを煮ている匂いが漂っていたから、お姉ちゃんがキッチンにいるのはわかっていた。平日の金曜であっても、お姉ちゃんが晩ご飯の支度を始めるのは早い。週イチ出社の在宅勤務者の特権、だそうだ。

玄関に入ると、その匂いはさらに強くなった。お醬油でもなく、コンソメでもなく、肉を茹でる匂い。少しだけ野菜とハーブの香りはするものの、むっとするような、あまり美味《おい》しそうじゃない匂いはたぶん、羊だ。ラムじゃなくてマトンのほう。

ただいま、と大声で答えながら、洗面所に直行する。帰宅したら、うがい手洗い。そして着替え。これを守らずにキッチンに入ろうものなら、即、お姉ちゃんにつまみ出される。これは、私がこの家に来たときからの約束事で、その理由は「厨房《ちゅうぼう》は衛生第一」だからだと説明された。

『こういうのは習慣化するのが一番だから。できるよね？』

そう言いながら、お姉ちゃんは真剣な顔で私を見た。できないなんて間違っても言わせない、そんな顔だったから、私は首を縦に振るしかなかった。

もっとも、習慣化するのが一番というお姉ちゃんの言葉は正しくて、一ヶ月も経つころには、私は息をするように手を洗ってうがいをして着替えるようになった。そのおかげなのか、私はきわめて健康的な子供だった。大人になった今も、滅多《めった》に風邪を引かない。

新型コロナが流行し始めたころ、テレビでしきりと「うがいと手洗いを」なんて言っていたけれども、そんなのとっくにやってるよと、私は画面に向かって言い返したものだ。

なんてことを考えている間に、私は手洗いとうがいをすませて、就活用のスーツを部屋着に着替え、キッチンへ向かっていた。もう、カラダが勝手に動く、的なやつである。

「手伝うこと、ある？」

「今はとくにないかな」

答えながらも、お姉ちゃんは手を休めない。里イモのようで里イモではないイモの皮をくるくると剝《む》いている。

「それ、なあに？」

「エルサレム・アーティチョーク」

「アーティチョークって、でっかいアザミじゃなかった？」

茶色い皮とずんぐりした俵形は、どう見てもアザミではない。

「エルサレムが頭についてるでしょ？　アーティチョークとは別物。和名は菊イモ」

やっぱりイモだった。

「紛らわしいよね。昔、私も間違えたんだ。皮を剝いたら、卵形に形を整える、なんて書いてあったから、変だとは思ったんだけど」

ふつうの人なら、そこでおかしいと気づくのだろうが、お姉ちゃんは「レシピ至上主義者」だった。レシピに書いてあることは疑わない。一読しただけで「まずい」とわかるレシピであっても、これは明らかに誤植だろうと思えても、絶対に分量を変えたりしない。

もちろん、お姉ちゃんにも言い分はある。

『書いてあるとおりにしなかったら、レシピが悪いのか、私の腕が悪いのか、わかんなくなっちゃうからね』

いつだったか、お姉ちゃんは「塩大匙《おおさじ》2」と書かれた煮物のレシピをそのまま実行して、とてつもなく塩辛い鶏《とり》と里イモの煮物を錬成《れんせい》したことがある。あれはもう調理なんてレベルじゃなくて、合成とか変成とかの類だ。そのとき私の脳裏に浮かんだのは、某マンガの錬金術シーンだった……。

本来の分量は「塩小匙2」だったのだろう。当時、中学生だった私でも容易に推測できたのだから、お姉ちゃんが気づかなかったはずがない。それでもレシピに従うことを選んだお姉ちゃんは、ある意味、勇者だ。

「ヴィクトリア朝クッキング？　男爵家料理人？　へえ、こんな本あるんだ？」

萌え系ではないメイドの写真が表紙になっている大判の本がテーブルの上に鎮座坐《ましま》している。まだ真新しい。奥付を見てみると、「2021年　8月20日　初版発行」とある。発売後すぐの購入でないのは、ちょっと躊躇《ちゅうちょ》するお値段だからか。

「もしかして、これにアーティチョーク云々《うんぬん》が書いてあったとか？」

「そう。七十七ページ。おかげで、十年越しの間違いに気づけた」

それで、改めてレシピどおりに作ることにしたのだろう。冷蔵庫の扉に固定されているのは手書きのコピーを綴じたもの、いわゆる同人誌だった。お姉ちゃんが間違えたというエルサレム・アーティチョークの調理法が書いてあるのだろう。お姉ちゃんが買い集めているレシピ本は商業出版物ばかりではなく、実用系同人誌と呼ばれる本もそこそこある。

「いや、十年じゃきかないか。もっと前だ」

「お姉ちゃんにしてはめずらしいよね。すぐにググらないとか」

「たぶん、キモチ的に余裕がなかったんだよ。就活の真っ最中だったし」

「お姉ちゃんでも、そうだったんだ？」

「ちゃんとインターンシップとか行っときゃよかったんだけど、そういうのめんどくてさ。多大なツケを支払うことになったのは、自業自得だからしょうがないよねえ」

だから咲良《さくら》は面倒がっちゃダメだよと、私が大学生になると、お姉ちゃんはくどいくらいに言ってきた。それで私は、三年生の夏休みの大半をインターンシップに費やし、丸の内だの西新宿だのを飛び回った。コロナ禍の影響で、募集が激減していなければ、一年生と二年生の夏休みもそうやって過ごしていただろう。そして、今は三年生の秋。当然、私は授業の合間を縫っては就活用スーツ着用で「出撃」している。

「あ、ごめん。やっぱ手伝って」

「いいよ。何すればいい？」

「ジャガイモの皮剝き」

お姉ちゃんはそう言いながら、大鍋から茹でた骨付き肉を取り出し、汁を切ってバットに並べた。予想どおり、羊だ。鍋蓋で扇いで粗熱《あらねつ》を取り、お姉ちゃんは一枚一枚、骨を外していった。相当長く煮込んでいたらしく、肉と骨がきれいに分かれる。

なんて、眺めている場合じゃなかった。私は、シンクに置いてあるジャガイモに手を伸ばした。

「ピーラー使っていい？　それとも、包丁とかナイフでないとダメ？」

「何でもいいよ。マッシュポテトだから」

指定がないなら、ピーラーだ。お姉ちゃんと違って、私は器用なたちではなかった。

調理台の引き出しを開ける。引き出しには、「ピーラー、芯取り、スパチュラ、木べら、ハケ」と書いたシールが貼ってある。引き出しだけじゃない。吊り戸棚も、食器棚も、流しの下の扉もシール付きである。調理台の引き出しの中に何が収納されているか、一目でわかるように。物を探す手間と時間ほどムダなものはないと、お姉ちゃんは言う。

そのおかげで、初めてのお手伝いでも、私は迷わずにすりこぎを取り出すことができた。「麺棒、すりこぎ」というシールがある細い引き出しを開けながら、この家の台所、いや、キッチンは、まるで学校の理科準備室みたいだと思った……。

ここで暮らすようになったのは、小学校二年からだったけれど、別に、私が貰われっ子というわけじゃない。一回り以上歳が離れているけれども、私とお姉ちゃんは一応、血のつながった姉妹だ。

ただ、二歳になってすぐにお母さんがガンで死んでしまって、私だけが群馬のおじいちゃんとおばあちゃんの家に引き取られた。結構な激務のお父さんと中学三年のお姉ちゃんでは、二歳児の世話なんて無理すぎる。それで二人は東京の家にそのまま住み続けて、お正月とか夏休みとかだけ群馬にやってきた。

だから、物心ついたときには、「私の家」は群馬の家で、「私の家族」はおじいちゃんとおばあちゃんだった。なのに、二人とも事故で死んでしまった。大型トラックが突っ込んできて、おじいちゃんの運転する軽自動車は大破した。居眠り運転とか無謀運転の類《たぐい》ではなく、運転手が脳梗塞の発作を起こして急死したのが原因だった。これでは誰も恨めないし、責められない。

もしも、それが土日だったら、或《ある》いは平日の午後遅くだったら、私も後部座席に乗っていて、一緒に死んでいたんだろう。でも、事故が起きたのは平日の午後一時ごろだった。小学校の低学年でもまだ学校にいる時間だ。

その日、私は帰りの会が終わった後、担任の先生に職員室に来るように言われて、そこで、おじいちゃんたちが事故に遭ったと教えられた。先生は、もうすぐお父さんが迎えに来るから待っているようにと言ったけれども、実際に迎えに来てくれたのは、お姉ちゃんだった。会社員のお父さんよりも、当時、大学生だったお姉ちゃんのほうが早い新幹線に乗れたのだろうと思う。

そのあたりの話も聞いたような気がするけれども、覚えていない。お姉ちゃんと一緒に学校を出て、いったん帰宅したのか、病院に直行したのか、お父さんとはいつ合流したのか、まるで思い出せないのだ。自分がわんわん泣いていたこと以外、何ひとつ。

お葬式のこともほとんど覚えていないから、やっぱり泣いてばかりいたんだろう。はっきりと記憶に残っているのは、いろいろなことが終わったその夜、お姉ちゃんがスープを作ってくれたこと。これなら飲めるよね、とりあえずこれだけでも口に入れておけば大丈夫、とか何とか言いながら。

そのスープが特別においしかった、というのなら心温まる良い話なのだけれども、その逆だった。びっくりするほど、まずかったのだ。あまりにもまずくて、私は思わず笑ってしまった。

お姉ちゃんもげらげら笑いながら、『うっわー。こりゃひどいわ』と言って、レシピと思《おぼ》しき紙切れに大きく×を書いた。お父さんは『そうか？　食えないほどじゃないぞ』と言って、残さず飲んでしまった。後でわかったのだけれど、お父さんは食品メーカー勤務のくせに味音痴だった……。

お姉ちゃんとの約束事はもうひとつある。誕生日とクリスマスとお正月には、私が食べたいものを作るけど、それ以外の日にリクエストは受け付けない、ということ。

『料理好きには二通りいてね、食べてもらいたくて作る人と、作りたくて作る人。私は自分が作りたくて作るだけだからね』

その時点ではよくわからずに、ただうなずいたけれども、すぐにその意味がわかるようになった。

お姉ちゃんが料理をするのは、誰かにおいしいものを食べさせたいとか、自分がおいしいものを食べたいとかじゃなかった。レシピ本に載っている料理を実際に作ってみたいから。ただそれだけだった。

それに、お姉ちゃんが本当の意味で「料理好き」かどうかは怪しいものだ。料理が好きというよりも、レシピ本が好きで好きでたまらないんじゃないかと思う。

SEとして働くお姉ちゃんは、お小遣いの少なくとも半分はレシピ本につぎ込んでいる。いや、半分どころじゃない。たぶん、もっとだ。この『男爵家料理人のレシピ帳』にしても、三五二〇円もする。昭和のレシピ本なんて、ボロボロの古本でありながら一万円超え、なんてのも普通にあったりするらしい。

なぜ、そこまでしてレシピ本を買うのか。どうして、そんなに好きなのか。もうだいぶ前になるけれど、そう訊《き》いてみたことがある。

『レシピ本はね、その時代の人たちとつながってるから』

お姉ちゃんは大真面目な顔でそう答えると、次にはものすごい勢いで語り始めた。

『一昨日作った鰊《にしん》の甘辛煮、私たちには田舎くさい味だったじゃない？　砂糖と醤油が大量に使ってあって、白ご飯必須でさ。でも、2ドア式冷凍冷蔵庫が普及してなかった昭和三十年代は、日持ちするレシピが正義だから、あの味付けでなきゃならなかった。なまり節とか鯨とか、令和のレシピ本にはほぼほぼ載ってないけど、あの本にはどっちも載ってた。それも五種類ずつ。六十年前の人たちって、こういう味をおいしいって言ってたんだ、こういうものを食べてたんだって思うと、なんか萌《も》えない？　わくわくしない？』

振り返ってみれば、夏休みやお正月に群馬に来たとき、お姉ちゃんはお手伝いの名目で台所に入り浸っていた。おばあちゃんは『綾芽《あやめ》ちゃんは感心だねえ』と褒めてたけれど、お姉ちゃんは手伝うよりレシピ本を読んでいる時間のほうが長かった。それこそ昭和のレシピ本だ。

私はそんなお姉ちゃんの隣で絵本を広げるのが好きだった。とりたてて面白い場所でもなかった台所が、お姉ちゃんと一緒にいるだけで、何だかキラキラして見えた。

おじいちゃんとおばあちゃんがいなくなって、私が東京の家に引き取られた後、群馬の家には叔父さん夫婦が引っ越してくることになった。お姉ちゃんは、その話が決まるや否や、叔母さんに電話をかけて、おばあちゃんが使っていた道具がほしいと頼み込んだ。叔母さんは、処分の手間が省けると、二つ返事でOKしてくれたという。

お姉ちゃんは電話口で、見知った道具があったほうが咲良も寂しくないだろうからとか何とか言っていたけれど、それが口実だったのを私は知っている。ガスコンロの上に載せて使う天火《てんぴ》や焙烙《ほうろく》なんて、おばあちゃんは全く使っていなかった。つまり、私だって一度も見たことがない。

それら見知らぬ古道具あれこれを、吊り戸棚に仕舞い込むお姉ちゃんは、ちょっと見たことがないくらいうれしそうだった……。

「そういえば、来週の誕生日、今年は何かリクエストある？」

誕生日という言葉で、私は我に返った。そうだ、毎年恒例のリクエストを考えるのをすっかり忘れていた。

「いつものでいいよ」

「他には？　唐揚げとか？」

「無理。カロリーオーバーだよ。スーツ作り直しとか困るから、絶対、太りたくない」

これは出任せじゃない。実際、パンツの太ももあたりがヤバげな感じになっている。

「本当に、いつものあれだけでいいの？」

「いい。あれだって、ハイカロリーだもん」

「わかった」

古道具に関しては「咲良も寂しくないだろうから」は口実だったけれども、私が寂しくないように、お姉ちゃんが考えてくれていたのは本当だ。誕生日になると、私がリクエストする料理の他に、お姉ちゃんが必ず作ってくれたものがある。カナッペだ。私たちの間では、「いつものあれ」で通じる。

ウィキペディアによると、カナッペとは「一口大に切った食パンや薄く切ったフランスパン、クラッカーなどに、チーズや野菜などを盛った料理」「コース料理の前菜、あるいは酒の肴《さかな》として供されることが多い」らしい。子供の誕生日のごちそうとして作るというのは、たぶん少数派だ。

でも、小さく切った食パンの上にトマトやサーモン、ゆで卵といった色とりどりの具材が載ったカナッペが大きなお盆に並ぶと、テーブルがぱあっと華やかになる。三歳の誕生日の写真には、イチゴのケーキとカナッペの載ったお盆が写り込んでいるから、私が覚えているより以前から誕生日の定番だったようだ。

この家に来て初めての誕生日、イチゴのケーキの隣に、カナッペを並べたお盆が置かれているのを見て、私は目を瞠《みは》った。毎年、おばあちゃんが作ってくれたものと同じ大きさ、同じ具材で、おまけに並べ方まで同じだったのだ。私の誕生日は長期休暇でも祝日でも何でもない、十月の十八日だから、群馬の家の誕生日にお姉ちゃんがいたことはなかった。なのに、どうしてこれを知ってるの？　どうして全く同じに作れるの？　魔法？　超能力？　と、私の頭の中は「？」でいっぱいになった。

もちろん、魔法でも超能力でもなくて、おばあちゃんの持っていたレシピ本に作り方が載っていただけだった。お姉ちゃんは古道具だけでなく、レシピ本も全部引き取ってきていた。たぶん、台所に入り浸ってレシピ本を読んでいたときにでも、おばあちゃんから聞いていたんだろう。

ただ、話を聞いて知っていたとしても、それを実行に移すのは、なかなかできることじゃないと思う。何しろ、おばあちゃんが作ってくれたカナッペは全部で七種類。小さく切った食パンに、一枚一枚バターやマヨネーズを塗って、トマトやゆで卵を薄く切って、スモークサーモンやハムを四角く切って、飾りのピーマンを細く切って……なんてのを七種類分やるのは、かなり面倒くさそうだ。

毎年毎年、私の誕生日が来るたびに、お姉ちゃんはその面倒くさいことを当たり前のようにやってくれた。ここで暮らすようになった最初の年だけじゃなく、次の年も、その次の年も、ずっと。

おじいちゃんとおばあちゃんが死んでしまったのは悲しかったけれど、少なくとも、東京の家で寂しい思いをしたことはなかった。ここには、不思議な道具がたくさんあって、お姉ちゃんは毎回、違う料理を作る。おいしいものばかりじゃないし、時々、とんでもないものが出てくるけど、楽しい。この実験室みたいなキッチンが、私は大好きだった。

そう、ものを知らなかったころは、ただただ大好きでいればよかったのだ……。

「終わった？　うん、四個とも、きれいに剝けてる。ありがとう」

気がつくと、じゃがいもの皮を剝き終わっていた。包丁やナイフでなくて良かった。考え事をしながらでも指を切ったりしないピーラーは、本当に私向きの道具だ。

「咲良、何かあった？」

どきりとしたけれども、私は平静を装って「何もないけど。なんで？」と答える。

「なら、いいんだ」

あっさりスルーしてもらえて、ほっとする。お姉ちゃんはカンが鋭いほうで、私は隠し事に成功したためしがない。……たったひとつを除いては。

「おやつ、戸棚ね。昨日と同じだけど」

ついでに言えば、一昨日とも同じだ。私は戸棚から、クッキーが詰め込まれたチャック式の密閉袋を引っ張り出す。お姉ちゃんは今、古本市で手に入れたばかりの『デール夫人のクッキーズ』という本に熱中していて、ここ数日、クッキーばかり焼いていた。

お姉ちゃんの趣味、レシピ再現には、お菓子作りも含まれている。おかげで、私はこの家に来てから毎日、お姉ちゃんお手製のおやつを食べてきた。ただ、やっぱりリクエストは受け付けてもらえなかったから、どんなにおいしいお菓子も一期一会《いちごいちえ》だった。

今回のエルサレム・アーティチョークみたいなリベンジは実はまれであって、お姉ちゃんは滅多なことでは同じ料理を作らない。

『人生は短いんだよ？　同じものを作るより、違うものを作りたい。一品でも多く！』

キッチンには天井まで届く巨大な本棚があって、その中身は全部、レシピ本だった。しかも、そこだけでは収まりきれずに食器棚の半分まで本が侵蝕《しんしょく》している。確かに、これだけのレシピを全部再現しようと思ったら、同じものなんて作っていられない。

『お菓子くらいなら、咲良だってすぐに作れるようになるよ』

お姉ちゃんはそう言って、私がおいしいと言ったお菓子のページに付箋《ふせん》を貼り付けてくれているけれど、結局、私はどれも作っていない。そのうち、そのうち、と思っているうちに摂取カロリーが気になるお年頃になってしまった。自分でまで作っていたら、確実に太る。それでなくても、昭和のレシピは令和のレシピよりもカロリーが高い。

このピーナッツバタークッキーにしても、砂糖の量がハンパない。昭和のお菓子は、クッキーでもケーキでもめちゃくちゃ甘いのだ。例外は、粉と砂糖とバターと卵は同量と伝統的に決められているマドレーヌくらいだろうか。家庭科の教科書のマドレーヌと昭和四十七年発行の『家庭でつくれるお菓子150種』のマドレーヌが全く同じ割合のレシピだったことに驚いたことがある。そうだ、家庭科と言えば……。

「咲良。やっぱり何かあったよね？」

羊肉の茹で汁を煮詰める手を止めて、お姉ちゃんがじっと私を見ている。背中にじっとりと汗がにじんできたのは、キッチンが蒸し暑いからであって、冷や汗なんかじゃない。

「別に何も」

「ちょい足し、してないじゃん」

お姉ちゃんほど器用でもなく、学校の成績もフツーな私だったけれども、たったひとつだけ特技がある。クッソまずい料理であっても、ちょい足しをしてそこそこ食べられる味にすること、だ。

レシピ至上主義者のお姉ちゃんは、たまにクッソまずい料理を錬成する。お父さんは味音痴だから問題ない。お姉ちゃんは好奇心と責任感とでそれを完食できる。でも、当たり前の味覚を持ち、かつ好奇心も責任感もない私には、それは無理だ。

もちろん、食べ残したところで、お姉ちゃんは怒ったりしない。まずくて食べられたものじゃないってことは、お姉ちゃん自身が知っているから。ただ、私がイヤなのだ。

子供なりに、私は考えた。考えて、考えて、理解した。まずい料理には三種類ある。味が薄すぎる、味が濃すぎる、味がおかしい、の三種だ。味が薄いのは、足せばいい。濃すぎるのは、水や出汁《だし》を足して薄めればいい。

例の「とてつもなく塩辛い鶏と里イモの煮物」のときも、私は鶏肉と里イモを煮汁から取り出して水で洗い、細かく切ってお湯と削り節とご飯を入れて雑炊に作り替えた。

問題は、味がおかしい場合で、これは単純に塩気を足したり薄めたりしただけではどうにもならない。全く別の何かを加えて、味そのものを変える必要がある。その「全く別の何か」を探し当てるのが、私は得意だった。

この甘すぎるピーナッツバタークッキーにしても、昨日はゴーダチーズを載せて食べた。塩気は薄い甘さを引き立てるときにも使うけれども、過剰な甘さを抑えるときにも使える。

ただ、このクッキーに関しては、まだ改良の余地があると思っていた。もしかしたら、単純に塩辛いチーズよりも、カッテージチーズかサワークリームみたいな少し酸味があるもののほうがとか、さらにインスタントコーヒーの粉末で苦味を加えたらとか、そんなことをお姉ちゃんにしゃべった。

にも拘《かか》わらず、私はそのどれも買わずに帰宅した。いつもの私なら、帰りにスーパーに寄っていただろう。ということは、私が帰宅した時点で、お姉ちゃんは何かおかしいと気づいていたに違いない。今さらだけれど、私は言い訳をひねり出す。

「めちゃくちゃ甘いのも、たまにはいいかなって思って。ストレス食いってやつ？　やっぱインターンって疲れるっていうか」

お姉ちゃんが、じっと私を見ている。ダメだ、ごまかしきれていない。心拍数が一気に上昇するのがわかる。何か言わなきゃ、と焦れば焦るほど言葉が浮かばない。

「あ、サークルの友だちに連絡しなきゃ」

嚙《かじ》りかけのクッキーを口に押し込むと、私はキッチンから離脱した。何かありましたと白状しているようなものだとわかってはいたけれど、どうしようもなかった。

話は二日前に遡《さかのぼ》る。その日、私は大手町にいた。というか、今週はずっとだ。短期インターンシップのほとんどが一日だけとか、三日間とかなのだけれども、その会社は一週間だった。ただ、一日あたりの拘束時間は短く、正午から午後三時までの三時間だけ。会社的な都合なのだろうが、学生にとってもありがたい。午前中だけ授業に出ることもできるし、何より電車が空いている。

しかも、行き先は真新しくて大きなビルだった。いろいろな会社が入っているから、エレベーターホールで社名を見るだけでも勉強になるし、地下一階は食堂街で、コンビニもあればカフェもある。

私は、帰りに必ずカフェかファストフード店に寄って、その日の反省点などを書き出す作業をすると決めていた。お姉ちゃんじゃないけど、こういうのは習慣化することが大事なのだ。それに、私は決して意志が強いほうではない。家に帰ってから、なんて思って後回しにすると、結局、何もやらずに終わってしまったりする。

インターンシップ三日めの水曜日、私は地下のカフェでタブレットを取り出して、あれやこれやを書き込んでいた。ふと視線を感じて顔を上げると、通路を挟んで正面の席にいる男子学生が私をじっと見ていた。私と同じ、就活用の黒いスーツを着ている。と、彼はいきなり立ち上がって近づいてきた。

『緑山《みどりやま》咲良？』

『そうだけど』

そいつは親指を自分の鼻先に向けて、『俺、俺』と言った。詐欺師か。

『覚えてる？』

すぐに中学の同級生だとわかったけれど、いっそ覚えてないふりをしてやろうかと思った。でも、それはそれで面倒な気がして、私は『幡谷《はたや》だよね』と答えた。

幡谷翔太《しょうた》。画数が多くて面倒なのか、テストの解答用紙に、「はた谷しょう太」なんて、小学生みたいな書き方で名前を書いていた。

サッカー部で、お勉強のほうもそこそこできて、顔もほどほどに良かったから、幡谷はわりとモテた。私も、ちょっといいなと思っていた時期がある。

幡谷と緑山、は行とま行で出席番号が近くて、席が隣同士になったり、理科の実験や家庭科の実習で同じグループになったりということがよくあった。それで、幡谷とは気軽にしゃべったりしていたのだけれど、二年生の冬以降、全く口を利かなくなった。

原因は、家庭科の調理実習だった。その日のメニューは、ハンバーグとサラダ。私たちは女子三人に男子二人のグループで、その一人が幡谷だった。私とハルカがサラダ、サトミと男子二人がハンバーグ、という分担にした。分担はくじ引きで決めたから、恨みっこなしだ。

ここで、私は余計なことをしてしまった。サラダにかけるドレッシングが、米酢とサラダ油と塩と胡椒《こしょう》の組み合わせだったのだけど、それがダサい味であることを知っていたせいで。以前、お姉ちゃんが似たようなレシピで作ったドレッシングを食べていたのだ。教科書どおりに作ってみると、案の定、昭和四十年代の味だった。

それで、私は自宅でやったのと同じ「ちょい足し」をすることにした。ハンバーグに使うタマネギを少しだけ分けてもらって微塵《みじん》切《ぎ》りにし、醬油を足した。それから隠し味に砂糖をひとつまみ。味見をしたハルカは大絶賛、私はドヤ顔と、サラダ担当二名でキャッキャして盛り上がっていたのだが。

『おまえら、何やってんの？』

そこで覗き込んできたのが幡谷だった。

『サクラってば、すごいんだよ。チョー天才！　これなんてね……』

幡谷に続いて覗き込んできたサトミが、テンション爆上がり中のハルカを遮《さえぎ》った。

『勝手に分量変えたわけ？』

もちろん、私は事情を説明した。レシピのままだと全然おいしくないから、と。でも、サトミは冷たく言い放った。

『教科書どおりにやらなきゃ意味ないじゃん。授業なんだから』

カチンときたけど、反論はできなかった。書いてあるとおりにしなかったら、レシピが悪いのか、私の腕が悪いのか、わかんなくなっちゃうからね、というお姉ちゃんの言葉を思い出したからだ。家庭科の調理実習なんだから、教科書どおりに作らなければ意味がない。ごもっとも。……ムカついたけど。

ハルカはバトルを継続する気満々だったみたいだけど、私が止めた。幡谷たち男子二人がそろって気まずそうな顔になっていたからだ。

打って変わってテンションだだ下がりになってしまった私とハルカは、黙ってドレッシングを作り直した。ハンバーグの出来がどうだったかは覚えていない。ハンバーグもサラダも味なんてしなかった。私・ハルカ対サトミ・幡谷、みたいな空気が出来上がってしまったのが、面白くなかったのだ。

幡谷とサトミが付き合い始めたのは、その少し後だった。調理実習の一件だけが理由ではないだろうけど、きっかけのひとつだったのは確かだ。私はますます面白くなくなり、幡谷とは口を利かないことに決めた。

幸か不幸か、次の学年では幡谷とクラスが分かれた。高校も別々だったから、幡谷と顔を合わせることはなくなった。でも、家が近所だったせいで、ごくごくたまに駅前とか商店街とかで姿を見ることはあった。隣にサトミがいたりしたから、私はたいてい回れ右をして近づかないようにした。

『もしかして、中学以来じゃね？』

ああそうか、幡谷から見ればそうなるのか。私が幡谷を最後に見たのは、去年だった。まだ一年経っていないけれど、馬鹿正直にそれを言うわけにはいかないから、私はそうだねと笑ってみせる。

『幡谷はどこ？』

『え？』

『インターンだよね？』

この時期に就活用のスーツなのだから、試験とか面接とかじゃなくてインターンのほうに決まっている。

『外資系のメーカー。緑山は？』

『不動産』

社名までは言わない。何しろ、このビルのフロアの三階と四階に入っている会社なのだから、どこに社員がいるかわからない。そこは幡谷も心得ていて、『＊＊不動産？』なんて迂闊《うかつ》なことを口走ったりはしなかった。

就活生同士だからか、幡谷とは思いのほか話が弾んだ。調理実習の一件以来、私は幡谷を「イヤなヤツ」認定していたけれども、実際にはそんなにイヤなヤツでもなかった。私が一方的に口を利かないと決めていただけで、それ以前は楽しくおしゃべりをしたりしていたのだ。

気がつけば、幡谷は自分のカップと鞄を持って席を移動して、私も上着を置いていた椅子を空けてやったりしていた。就活の進捗状況とか、お互いのインターンシップの日程だとかをひとしきりしゃべった。

小一時間でカフェを撤収した後は、大手町の地下通路、地下鉄の中、私鉄の中とおしゃべりは続いた。近所に住んでいるのだから、帰り道も同じなのだ。

最寄り駅から数分歩いて、『またね』と手を振って別れるまで、私はいつになくはしゃいでいた。幡谷っていいヤツじゃん、とも思っていた。

でも、一人になってみると、サトミの顔が浮かんだ。冷静になれ、冷静になれ、と自分に言い聞かせながら、ハルカのＬＩＮＥにメッセージを入れた。幡谷同様、ハルカとも進路は違っていたけれど、成人式で再会して、よく連絡を取るようになっていたのだ。

幡谷って今、カノジョいるんだっけ？

ハルカは何でも早い。既読がつくや否やレスが来た。夏休み前、サトミと歩いてるのを見た、今も続いてるのかは不明、という内容だった。それを読んで、いきなり「カノジョいるんだっけ？」なんて訊くんじゃなかった、先に「今、何してる？」とか「大学どこだっけ」とかを訊いてからにすればよかったと後悔した。これじゃあ、まるで幡谷がフリーだったら告《こく》りますとでも言ってるみたいだ。

案の定、ハルカからは「ねらってる？」という一言が返ってきた。ターゲットロックオンのウサギのスタンプ付きで。

私はあわてて「見知らぬ女子と歩いてるのを見たから」と嘘をついた。百パーセントの嘘だったから、「カノジョとかじゃないかも。サトミに知られたら困るから内緒にして」と付け加えた。

口にチャックをする熊のスタンプに、土下座のスタンプを返して、私はＬＩＮＥの画面を閉じた。

蟠谷とサトミがまだ付き合っている可能性が一パーセントでもあるのなら、話はここで終わりだ。ハルカが二人を見たときまで続いていたのなら、七年越しの仲ってことになる。

そんな二人の間に割り込むなんて、頼まれたってやりたくない。

明日は蟠谷と遭遇しないようにしよう、カフェなんかに寄らずに帰ろう、と心に誓った。明日さえやり過ごせば蟠谷のインターンは終わりで、もう会わずにすむんだから。

その「明日」は無事に終わった。私は地下には行かずに一階でエレベーターを降り、東京駅まで歩いた。カフェにも地下鉄の駅にも近づかなかった。……昨日のことだ。

家が近所だから、また出くわすこともあるかもしれないけれど、そのときは「急いでいるから、またね」とか何とか言って穏便に逃げればいい。よかった、これでもう大丈夫。そう思って油断していた。一週間のインターンシップも無事に終わって、先方の感触もほどほどに良くて、気が緩んでもいた。

地下のカフェに行って、最終日の反省点をまとめて……なんて思っていたら、いるはずのない蟠谷がいた。入り口がよく見える席だったから、思いっきり目が合ってしまった。

なんで？　昨日で終わったんだよね？　もうここに用はないんじゃなかった？

頭の中がぐるぐるしたのは覚えている。気がつくと、地下鉄の車内にいて、肩がはずれるんじゃないかと思うくらい、私は息を切らしていた。

誰かのモノを横取りするヤツを、私は心の底から軽蔑している。不倫してる芸能人が出てるドラマとか映画とか、絶対に見ない。略奪婚なんてあり得ない。そのあり得ないことをしたお母さんを、私は許していない。

私とお姉ちゃんとは半分しか血がつながっていないことを知ったのは、小学校の五年生のときだった。

お父さんのお兄さん、つまり私の伯父さんが心筋梗塞《しんきんこうそく》で急死したときだ。家系的に心臓の病気に罹《かか》りやすいらしく、お父さんの親族は早死にが多いという。幸いなことに、お父さんだけはその体質を継がなかったのか、健康診断はオールAらしいけれども。

身内が亡くなると、相続が発生することがある。そして相続には大量の書類が必要になる。当然、その中には、お父さんの戸籍謄本もある。私は偶然、それを見てしまったのだ。

私はそれまで、お母さんは若いころにお姉ちゃんを産んで、そのずっと後に、高齢出産で私を産んだんだと思っていた。私のお母さんと、お姉ちゃんのお母さんが同じ人じゃないなんて、思いもしなかった。

戸籍謄本には、「離婚」という項目があって、そこには平成十三年五月とあった。お姉ちゃんは平成元年八月生まれだ。そして、お母さんとの入籍は平成十三年の九月。お姉ちゃんがお母さんの子供じゃないことくらい、一瞬でわかる。

私は書類を元通りにして、大急ぎでその場を離れた。私とお姉ちゃんとでは半分しか血がつながっていない。その事実が衝撃的すぎて、その時点では何も考えられなかった。

でも、しばらくして、気づいた。お姉ちゃんのお母さんと、お父さんが離婚した年と、私のお母さんがお父さんと再婚した年は同じ。四ヶ月しか経っていない。これって、私のお母さんがお姉ちゃんのお母さんを追い出した……つまり、略奪婚ってこと。

群馬の家は、お姉ちゃんにとって本当のおじいちゃんとおばあちゃんの家じゃなかった。全くの他人の家どころか、自分のお母さんを追い出した女の実家だった。

それでも、お姉ちゃんは夏休みやお正月になると、お父さんと一緒に群馬の家に来てくれたし、私にも優しくしてくれた。この家で私が暮らすようになってからだって、ずっと優しかった。そのお姉ちゃんのお母さんを、私のお母さんは……。

でも、私はお姉ちゃんが大好きだったから、気づいてないふり、何も知らないふりをした。何も知らなければ、お姉ちゃんに甘えていられる。それが私の隠し事だ。小学校五年から今に至るまで続く、たったひとつだけの。

私は私のお母さんを許さない。お母さんみたいな女は大っ嫌いだ。高校時代の仲良しグループの一人が、友だちのカレシを好きになって、三角関係になったことがあったけど、私は即、彼女と絶交し、グループを抜けた。

好きという気持ちは止められない、なんて誰かが言ったけど、そんなの言い訳だ。自分が好きだからって、誰かの幸せを踏みにじっていいなんてことがあるはずがない。その陰で、傷つく誰かがいるんだから。

お姉ちゃんが三十代も半ばだというのに、恋愛と無縁なのは、お母さんのことが尾を引いているんじゃないだろうか。妹の私が言うのも何だけど、お姉ちゃんは美人だし、頭もいい。レシピ本マニアで、ちょっと変わってるところはあるけど、優しいし、ユーモアもおしゃれのセンスもある。

なのに、お姉ちゃんにカレシがいたことはない。その不自然さも、恋愛はしないと決めていたのだとすれば説明がつく。

だから私は、カノジョがいる人を好きになったりしないと決めた。そんなの簡単なことだと思っていた。自分の気持ちひとつ、覚悟ひとつでどうにでもなることだ、と。

実際、幡谷とサトミが付き合い始めた後、自分の気持ちは封印した。難しいとは思わなかった。クラスも別々だったから、忘れていられた。ほら、こんなに簡単、と思っていた。

……忘れたころになって幡谷と再会して、封印が解けてしまうまでは。

もう一度、幡谷を頭の中から追い出すのは、全然、簡単じゃなかった。大手町のカフェで小一時間、地下鉄と私鉄を乗り継いで一時間弱、合わせても二時間程度。たったそれだけの短い時間が、超絶に楽しかった。忘れなきゃと思うだけで、息が苦しくなるくらい。


ご飯だよ、とお姉ちゃんの声が階下から聞こえた。気がつけば、七時を回っている。食欲なんてなかったけれども、お姉ちゃんが作ってくれたご飯を食べないなんて選択肢は私にはない。

「お父さんは？」

キッチンのテーブルに並んでいる食器は、二人分だった。

「今日はご飯いらないって。さっき連絡来た」

お父さんがいれば、お姉ちゃんは「何かあったの？」なんて訊いてきたりしないとわかっていた。でも、お父さんの帰りが遅いのはよくあることだった。残念だけど、しょうがない。こうなったら、しらばっくれるだけだ。

今日の晩ご飯は、茹でた羊肉に小麦粉をはたいてカリカリになるまで焼いて、茹で汁を煮詰めたソースをかけたものと、塩茹でしてバターをかけたエルサレム・アーティチョークとマッシュポテト。ネギと豆腐の味噌汁に白いご飯。おかずが英国風だろうが、エスニックだろうが、主食は揺るぎなく米だった。確かに、とんでもない味の料理でも、白いご飯さえあれば何とかなる。

何を訊かれてもバックレてやるつもりでいたけれども、お姉ちゃんは何も訊いてこなかった。私たちは黙ってカリカリの羊肉を食べ、崩れそうなエルサレム・アーティチョークにマッシュポテトを添えて食べた。正直、味なんてわからなかったから、「ちょい足し」が必要かどうかすらわからなかった。でも、今度は何も言われなかった。

「あ、ちょっと待ってて。デザートあるから」

私が箸を置くと、お姉ちゃんがばたばたと立ち上がり、冷蔵庫を開けた。

「えー？　お腹いっぱいだから、いいよ」

食器を重ねて流しに運ぶ。お腹に余裕はあるものの、今は早々に退散したい。

「まあまあ。そう言わずに」

お姉ちゃんが手にしていたのは、アルミのプリン型だった。竹串を縁に沿って一周させて、お皿の上で逆さまにする動作を見るまでもなく、昔風のカスタードプリンだとわかる。

半ば強引にスプーンを持たされ、再び椅子に座らされた。卵色の上に茶色が円盤状に載っかり、お皿の上には流れ落ちたカラメルソースが薄く溜まっている。凹《へこ》んでいるのを一瞬忘れるくらい、おいしそうだ。

茶色と卵色を同時にスプーンですくって口に運ぶ。ものすごく甘いけど、おいしい。

「これって、もしかして」

お姉ちゃんがうなずいた。咲良もそのうち自分で作れるよ、と言って『家庭でつくれるお菓子150種』のカスタードプリンのページに付箋を貼ってくれた。結局、私は作らずじまいだったけれども。

「天火のほうの味だ……」

実は、このレシピのプリンだけは二回、食べている。最初の一回は群馬の家から持ってきた天火を使って作ったもの。次は、蒸し器を使って作ったもの。まだ電気オーブンが普及していなかった時代の本だから、その二通りのやり方が書かれていたのだ。

天火と蒸し器とでは、表面の固さが変わってくる。もちろん、材料の分量は同じだから、味そのものは変わらない。両方ともおいしかったけど、私は天火で作ったプリンの口当たりのほうに軍配を上げた。お姉ちゃんはそれも覚えていてくれたらしい。

スプーンを押し返してきそうな固さがあるのに、口に入れると柔らかい。ものすごく甘いけれど、カラメルと卵の香りはしっかりとわかる。ゆっくり味わって食べたかったのに、スプーンの勢いは止まらず、あっという間にプリンは消えてしまった。

「三回めが食べられるなんて思わなかった」

「ほんとは、寝込んだときにでも作ってやろうかなって思ってたんだけどね。咲良ってば、健康優良児すぎて」

うがいと手洗いの習慣のおかげで、この家に来て以来、私は寝込んだことなんてない。

「でも、今日は今にも倒れそうな顔で帰ってきたから。寝込んだと見なして作ることにした」

私が部屋へ逃げ込んだ後、お姉ちゃんは吊り戸棚から天火と古いアルミのプリン型を引っ張り出した。今日のメニューが羊肉でなかったら、プリンを蒸し焼きにする甘い匂いが二階まで届いていたかもしれない。

「え？　咲良？　ちょっとちょっと」

お姉ちゃんが慌《あわ》てた顔でティッシュの箱を差し出してくる。泣くつもりなんてなかったのに、涙が止まらない。子供みたいだ。

「そっかそっか。うん、そうだね」

お姉ちゃんが私の頭を抱えて、よしよしとなでてくれた。おじいちゃんとおばあちゃんが死んじゃったときにも、同じことをしてもらったと、唐突に思い出す。わんわん泣いていたことしか覚えてないと思っていたけれども、それだけじゃなかった。

　あのときみたいにひとしきり泣いた後、私は事の顚末《てんまつ》をお姉ちゃんに話した。中学の調理実習の一件も含めて、全部。

「あー。幡谷くんかぁ。やっぱり」

「幡谷のこと、知ってるの？」

「画数多過ぎ幡谷くんだよね？　本人に会ったわけじゃないよ。でも、中学のころ、二言めには幡谷が幡谷がって言ってたじゃん」

　そんなこと言ってないよ、と否定しかけてやめた。お姉ちゃんが言うんだから、そうだったんだろう。

「三年生になって、ぱったり名前が出なくなったから、飽きたか、フラれたかのどっちかだろうとは思ってた」

「飽きたわけじゃないし、フラれたわけでもないけど。ただ距離を置いただけで」

　どっちにしても、お姉ちゃんには全部、お見通しだったわけだ。思わずため息が出る。

「自分がこんなに粘着系だなんて思わなかった。だって、中学二年からだよ？　何年経ってる？　怖っ」

「それを言うなら、お互い様なんじゃない？　幡谷くんにその気がないなら、カフェで待ってたりしないでしょ」

「でも、私、人様のモノを横取りしたくない。てか、サトミがいるのに、幡谷ってばひどくない？」

洗いざらいしゃべったせいか、少しだけ元気が出てきた。ここで、幡谷のバカヤローとか絶叫したら、もっと元気が出るかもしれない。でも、私が叫ぶより先に、お姉ちゃんが静かに「ストップ」と言った。

「早とちりは、咲良の悪いくせだよ。幡谷くんとサトミって子が現在進行形かどうか、確かめたわけじゃないんでしょ？」

確かに、ハルカの情報は夏休み前の話だから、少しばかり古い。

「それ以前に、あんたって、やたらと人様のモノ云々にこだわるよね？　めっちゃ推してたアイドルでも、不倫報道が出た瞬間に嫌いになるし。いや、不倫は悪いと思うのよ？　でも、幡谷とサトミは結婚してるわけじゃない。不倫でも何でもないじゃん」

「それは……」

自分でも度を越しているとは思う。でも、イヤなものはイヤなのだ。

「たとえば、親友のカレシっていうんなら、わかるよ。友情、大事だもんね。でも、サトミって子はただのクラスメートだよね？」

友情なんて関係ない。そうじゃない。

「前々から不思議だったんだ。どうして？」

「お母さんみたいになりたくないからだよ！」

ああ、言ってしまった。ずっと隠してきたのに。案の定、お姉ちゃんはびっくりした顔になった。

「待って。どういうこと？　意味わかんないんだけど？」

「ごまかさなくていいよ。私、知ってるもん。お母さん、略奪婚だったんでしょ？　お姉ちゃんのお母さんを追い出して、お父さんと結婚したんでしょ？」

「いや、それ違うから」

「だって、離婚してから半年も経ってないのに再婚してるじゃん！　離婚する前から付き合ってなきゃ、あり得ない」

まん丸だったお姉ちゃんの目が、半月形になった。切なそうな、少しだけ泣きそうな顔をしてる。むしろ私のほうが戸惑うほど。

「ごめんね。ずっとそんなふうに思ってたんだ。でも、略奪婚なんかじゃないよ。ちゃんと話しとけばよかった。離婚と再婚の時期が近いのは、離婚届の提出が遅かっただけ」

「離婚を迷ってたってこと？　じゃあ……」

「違う違う。私の母親、ある日突然、出てっちゃったんだ。学校から帰ったら、家には誰もいなくて、テーブルの上には、署名捺印した離婚届。何の説明もなし。夜になって帰ってきたお父さんも、ポカーンとしてた」

そんなことがあるんだろうか。離婚っていえば、何度も夫婦喧嘩があって、険悪な空気があって、その後に離婚届に判を押すっていうイメージだ。

「まあ、そういう人だったわけよ。だから、ふらっと帰ってくる可能性もゼロじゃなかった。それで、お父さんも困っちゃって、とりあえず保留ってことにしたんだと思う。そのとりあえずが、ほぼほぼ……」

「お父さんと二人だけで一年も？　って、お姉ちゃん、何歳だったの？」

「もう小五だったから、別に困らなかった。平日の食生活は乱れ気味になった気がするけど。土日にお父さんと外食して、まともなものを食べる感じ。フードコートとか行けば、いろいろ食べられるじゃない？」

そのフードコートで、私のお母さんと出会ったのだとお姉ちゃんは言った。少しばかり遠い目をして。

「お母さんはフリーのウェブデザイナーで、お父さんとは仕事で顔を合わせたりしてたみたい。私とお父さんが空席を探してうろうろしてたら、良かったら相席しませんかって声をかけてくれたんだ」

お父さんは食品メーカーの広報部だから、ウェブデザイナーのお母さんとは接点がありそうだ。もっとも、今の今まで、私はお母さんの職業を知らなかった。知りたいと思ったことなんて、一度もなかった。

「初対面のときから、優しい人だったよ。お父さんとばっかりしゃべってないで、私にも話しかけてくれたし。それで、私、この人にお母さんになってもらおうって思ったんだ」

「は？」

「とんでもない子供だよね。今は、私もそう思う。でも、それが私の生存戦略だった」

生存戦略？　小学五年生が考えることにしては、難しいんじゃないだろうか。少なくとも私が「生存戦略」なんて言葉を覚えたのはわりと最近だ。

「意味わかんないか。あまり言いたくないけど、これ言わないとわかってもらえないから、言うけど。私、放置子ってやつだったんだ」

「ほうち……何？」

「親からほったらかしにされてる子供。ご飯は作ってもらえたし、服とか学校の道具とかは用意してもらえたから、ネグレクトまでは行ってない。ただ構ってもらえないだけで」

後でググってみな、とお姉ちゃんは笑った。笑って言うことだろうか。親がいるのに構ってもらえない子供、なんて。私には想像もつかない状況だ。

「お父さんは何も言わなかったの？」

「うーん。どうなんだろう。何か言ってくれたのかもしれないけど、無駄だったんだろうね。だからかなあ、土日はお父さんと二人で出かけることが多かった気がする」

別に困らなかった、という言葉が思い出された。平日は全く構ってもらえなくて、土日だけお父さんと外食したりしていたのなら、確かに状況的には変わらない。

「自分で言うのも何だけど、顔だけはかわいい子供だったからさ、媚《こ》び媚びに甘えまくって、お母さんを落としにかかったんだ。大人に取り入るのがうまいのは、放置子の特徴らしいね。あと図々しいのも」

もともと、お父さんとお母さんは仕事上の名コンビでもあったらしい。家が近かったこともあり、お姉ちゃんの作戦は成功した。

「お母さんが来てくれて、毎日が夢みたいだったよ。お帰りなさいって言ってもらえるとか、学校や友だちの話を聞いてもらえるとか。一番うれしかったのは、誕生日のお祝いをしてもらえたことかな」

たったそれだけのことが、と胸が詰まりそうになる。私が当たり前のようにおばあちゃんにしてもらっていたことが、お姉ちゃんには全然当たり前じゃなかったんだ……。

「イチゴのケーキに、大きなお盆に並べた七種類のカナッペ」

「それ、私の誕生日と同じ」

「そうだよ。毎年作ってるあれ、私もお母さんに作ってもらったんだ」

たった二回だけだったけど、とお姉ちゃんは寂しそうに言った。お母さんは私を産んだ翌年に、進行性のガンが見つかったと聞いている。三回めの誕生日にはもう、料理なんてできる状態じゃなかったんだろう。

「群馬の家で、古いレシピ本を見てたら、全く同じ写真が載っててびっくりしたよ」

昭和四十七年刊の『前菜とおつまみ』っていう本だ。お姉ちゃんはこの本が大のお気に入りで、全部のレシピを再現し終わった後も、押入なんかにしまわずに、ずっとキッチンに置いていた。

「お母さんも毎年、おばあちゃんにこれを作ってもらってたんだなあって思った。レシピなんて見なくても作れるくらい、何度も食べたんだなって。もしかしたら、お母さんが私に作ってくれた料理が他にも載ってるかもしれないと思って、隅から隅まで読んだんだ。レシピ本が好きになったのは、あれがきっかけだった」

レシピ本はその時代の人たちとつながっている。群馬の家の台所で暇さえあればレシピ本を読んでいたお姉ちゃんは、きっとお母さんを捜していたんだろう。

「さっき、咲良がお母さんみたいになりたくないって言ったじゃない？　わかるよ。私もそう思ってた。自分の母親みたいに、子供をほったらかしたりしないって。だから、お母さんが死んじゃった後、私、自分で咲良の面倒を見るつもりでいたんだ。お母さんが入院してるとき、昼間は保育園に預かってもらってたし、それなら学校行きながらでもできるって。お父さんだっているんだし」

「無理無理。無理だってば。お父さんなんて戦力外じゃん。それに、まだ中学生だったんだよね？」

「うん。お母さんの入院中は、おばあちゃんが群馬から来てくれてたんだ。私はそのお手伝いをしてただけ。なのに、できるって思い込んじゃった。母親みたいになりたくなかったから」

どきりとした。お母さんみたいになりたくなくて、私も自分にできないことをできると思い込もうとしてた。

「自分で咲良の面倒を見るって私が言い出したとき、おばあちゃんだけは頭ごなしに反対したりしなかった。じゃあ、お願いねって言って、群馬に帰っていった。しかも、月曜日。平日だから、お父さんは帰りが遅くて、いきなりワンオペ」

「えー！　おばあちゃん、ひどい」

「ひどくないよ。大正解だったんだよ。誰かの手伝いをするのと、自分で何もかもやるのは、こんなに違うんだって思い知らされた」

おばあちゃんが再び群馬から出てきたのは、翌々日だったという。やっぱり咲良と離れるのは寂しいから、連れて帰ってもいいかしら、とか何とか言って。だから言ったでしょうとか、無理だと思ってたのよとか、そんなことは一言だって言わなかった。

「そのとき、おばあちゃんに言われたんだ。学校は楽しい、大人になるのは楽しい、そういうのを咲良に教えてやってって。私は歳を取り過ぎてて無理だから、代わりにお願いねって。そのためにも、友だちといっぱい遊んで、好きなことに打ち込んでほしいって」

ああ、おばあちゃんなら言いそうだ。それで、お姉ちゃんは東京の家に残ることにしたんだろう。おばあちゃんのことだから、綾芽ちゃんも一緒に暮らそうかって訊かなかったはずがないのだ。その上で、お姉ちゃんは選んだ……。

「友だちと遊んだり、楽しい思いをしたりすることに後ろめたさを覚えなくなったのは、おばあちゃんのおかげなんだ」

ということは、それまでは後ろめたさを感じていたのだ。レシピ本蒐集《しゅうしゅう》とその再現に邁進《まいしん》するお姉ちゃんからは想像もつかない。

「何より、真っ当な大人になれたのはお母さんのおかげだと思ってる。だから、お母さんみたいになりたくないなんて、もう言わないで」

私がうなずくと、お姉ちゃんは心底ほっとした顔になった。

「ごめんね。ちゃんと訊いとけばよかった」

いや、訊けなかった。おばあちゃんが生きていれば、訊けたかもしれないけれど。当事者のお父さんにも、大好きなお姉ちゃんにも、面と向かって訊くのは無理だった。

「咲良のせいじゃないよ。私がフツーにお母さん自慢でもしてたら良かったんだよね。そしたら、妙な誤解もしなくて済んだのかも。でもねえ、自分の母親の話だけはしたくなかったから、つい……。あー、失敗した」

ごめん、とお姉ちゃんはテーブルに額をぶつける勢いで頭を下げた。実際、ごつっと痛そうな音がして、私は思わず笑ってしまった。

「良かった。お姉ちゃんにカレシいないのは、お母さんのせいじゃなかったんだね」

「カレシ、いたけど？」

「へ？」

「高校のときと、大学のとき」

「何それ、聞いてない！」

「そりゃそうだよ。咲良、群馬にいたし」

道理で。お姉ちゃんがモテないはずがない。

「今は？　私が知らないだけで、カレシいたりする？」

「いるわけないじゃん。めんどくさい」

お姉ちゃんが盛大にため息をつく。

「なんで、料理好きって解釈になっちゃうんだろうね。それか、料理好きイコール食べてもらうのが好きって解釈になっちゃうんだろうね。そ
れか、料理好きイコール家庭的、みたいな」

なんとなく、わかった。お姉ちゃんはレシピ本マニアなのであって、カレシにお弁当を作ってあげたり、バレンタインに手作りチョコをあげたりすることは、断じて、ない。

そもそも多くの人が「料理」と言われて思い浮かべるのは「おいしいもの」であって、実験室で錬成される謎の物体ではない。でも、お姉ちゃんの料理は「未知との遭遇」だ。

この致命的な落差。なるほど、お姉ちゃんが「めんどくさい」となるのもうなずける。

「そんなわけで、ちゃんとカレシがいた姉からの忠告。幡谷くんと、直接話しておいで」

まずはそれからだよ、と言うお姉ちゃんの目が優しい。

「だいたい、先に割り込んできたのはサトミって子のほうだと思う」

「そう……かな？」

「だから、堂々と告《こく》っちゃえ」

「いや、それ無理だから。てか、違うし」

そもそも私は幡谷の連絡先を知らない。直接話すなんて無理ゲーだと言うと、お姉ちゃんは呆れた顔になった。

「中学の同級生に片っ端から訊けばいいだけでしょうが。地元同士なんだし。絶対、誰か知ってるから」

「それは……そうなんだけど」

顔を見るなり逃げ出したりして、幡谷は怒ってるんじゃないだろうか。今さら連絡しても、迷惑がられるかもしれない。また頭の中がぐるぐるし始める。

「また咲良の悪いくせ！　でもとか言ってないで、ハルカにＬＩＮＥしな。ほら！」

私の手にスマホをぐいぐいと押しつけて、お姉ちゃんが笑った。

［参考文献］
『おそうざい十二ヵ月』小島信平　暮しの手帖編集部（暮しの手帖社　一九六九年）
『デール夫人のクッキーズ』エロイス・デール（婦人之友社　一九七一年）
『主婦と生活　カラークッキング第4巻　前菜とおつまみ』（主婦と生活社　一九七二年）
『家庭でつくれるお菓子150種』小菅富美子（文研出版　一九七二年）
『ミセス・クロウコムに学ぶ　ヴィクトリア朝クッキング　男爵家料理人のレシピ帳』アニー・グレイ、アンドリュー・ハン著、村上リコ訳（ホビージャパン　二〇二一年）

大崎梢

春巻きと
ふろふき大根

大崎 梢

おおさき・こずえ

東京都生まれ。書店勤務を経て、2006年『配達あかずきん』でデビュー。

主な著書に『片耳うさぎ』『夏のくじら』『クローバー・レイン』『忘れ物が届きます』『本バスめぐりん。』『バスクル新宿』『さよなら願いごと』『27000冊ガーデン』『春休みに出会った探偵は』などがある。

第三月曜日は月に一度の料理教室の日だ。湯浅恭一《ゆあさきょういち》がエプロンやバンダナをトートバッグに入れていると、スマホに着信があった。

誰かと思えば同じ料理教室に通う阿部《あべ》からだ。料理の腕を買われて講師のサポート役に就いている。教室のある日は早めに出て準備も手伝っているので、足りない食材でもあったのだろうか。LINEのアイコンをタップすると、「急なことがありまして。早めに来られませんか」とだけ。時計を見れば九時少し前、今から出ればいつもより三十分は早く着けるだろう。恭一は「了解」のスタンプだけ返してスマホをしまった。

「どうかしたの？」

横から妻の涼子《りょうこ》が話しかけてくる。LINEの内容を言うとたちまち眉をひそめた。

「また誰かやめるんじゃないの？」

「またってなんだよ、またって。内海《うつみ》さんならやめてないよ。当分の間、休むだけだ」

「復帰してくれるかしら。お年寄りの怪我って長引くでしょ」

いちいち不吉なことを言わないでほしい。恭一が参加しているのは公民館で開かれている男の料理教室、「キャベツの会」だ。定年退職後の男性がほとんどで現在の受講者は十二人。三年前に恭一が初めて参加した頃は十六人いて、四つのグループができていたが、何度かの増減を経て今現在はじり貧中だ。三つのグループを作るのがやっと。

今日の欠席が決まっている内海は七十六歳で、恭一より五歳年上になる。快活でしっかりした人なのに、三週間前にちょっとした段差で転んで手を突き、右手首を痛めてしまった。骨折は免れたもののひびが入ったそうで、料理教室には出られない。グループ編成としては三つできたとしてもひとつは三人になってしまうし、受講料がひとり分減るのは運営的にも厳しい。

思わず出そうになるため息を飲み込み、なんとかなるさと自分に言い聞かせて、恭一は身支度を調《ととの》えた。住まいは五階建てマンションの四階だ。築三十年になる古い建物だが子どもふたりを育て上げ、今では夫婦ふたりで暮らしている。敷地内にある駐輪場から自転車に跨がれば、公民館まで十分足らず。

六十歳の定年まで旅行代理店で働いていた。添乗員としてのキャリアは長い。定年後もしばらく働き、六年前に無職になった。その後は地域での活動が主な日課になった。英会話はそこそこできたのでボランティアで観光施設を手伝ったり、市の体育館でバドミントンサークルに入ったり、公民館でやっている料理教室に参加したり。

公民館は二年前にリニューアルされ、三階建ての複合施設になった。机や椅子の置かれた会議室仕様の部屋や畳敷きの和室、ピアノのある音楽室、本の貸し出しも行う図書室の他、キッチンセットの並んだ調理室も完備されている。

自転車を駐めた恭一は階段を使って三階まで上がり、廊下の一番奥にあるドアを開けた。

「おはようございます」

エプロン姿の阿部が真っ先に目に飛び込む。恭一より二つ、三つ年下の六十代後半。長年、総合病院の事務をやっていたという。定年後は勤務日数を減らして働いていたが、手打ち蕎麦の講習会に参加したところ、男の料理教室があることを知ってメンバーに加わった。もともと料理が好きだったこともあり、講師からサポート役を頼まれ、その阿部を恭一が手伝うというのがいつの間にかの役割配分だ。

「湯浅さん、よかった。来てくれて」

「何かありました？」

ざっと見たところ食材は野菜も肉も用意されている。ただ、講師の姿がどこにもない。

「愛子《あいこ》先生が急に欠席なんです」

「そりゃまたどうして」

講師は五十代半ばの女性、野口《のぐち》愛子先生だ。

「実家のお母さんの具合が悪いそうで、その連絡は受けていたんですよ。でも月曜日は大丈夫、教室が終わってから行けばいいと言うんで安心してたんですけど」

「実家って、三重《みえ》だか和歌山《わかやま》だか、そのあたりでしたっけ」

「和歌山です。今日の朝早く、七時ごろに電話があって、どうしても行かなくてはならなくなったと」

アクシデントはつきものだ。急病ならば本人はもとより家族であっても致し方ない。なんとかなるさのノリで言葉をかけようとして恭一は口をつぐむ。目の前にいるのはなぜかめっぽうアクシデントに弱い阿部だ。

真面目で几帳面《きちようめん》で、料理となれば大さじ何杯でもゼラチン数グラムでもきっちり量り、レシピ通りに丁寧《ていねい》に作り上げる。それは得意なのに、臨機応変の適当が苦手。ちょっとした突発事項、水溶き片栗粉が偏って固まっただけでも騒いでしまう。最近ではずいぶんマシになり、肉まんの「まん」部分が膨《ふく》らまなくても、冷静に愛子先生の指示を仰ぐようになっている。

でもその愛子先生が不在なのだ。おそらく初めて。声のトーンを極力落とす。

「大丈夫ですよ。すでに材料は届いていますし、レシピも用意されています。愛子先生も急いでいる中、頑張ってくれたんですね」

恭一自身は仕事柄アクシデントに強い。添乗員として予想外の出来事にしょっちゅう振り回され、揉《も》め事や小競《こぜ》り合いに割って入り、なだめたり機転を利かせたりして多くのトラブルをしのいできた。

「阿部さんは愛子先生と会えたんですか？」

「はい。早口ながらもいろいろ注意事項を言ってくれたので、必死にメモを取りました。それを皆さんにちゃんと伝えられれば……」

「おお、それはよかった。いつものように調理前に話してください。我々の腕も上がっていますからね。レシピ通りに仕上げて、楽しくて美味《おい》しい試食会を目指しましょう」

恭一が笑顔を向けると阿部は強ばっていた頰をやっとゆるめた。

「ありがとうございます。頼りにしてます、湯浅さん」

「お任せください。と、胸を叩く前にレシピをよく読んでおかなきゃ」

おどけた言い方をして、恭一は人数分用意されたプリントの一枚を手に取った。今日のメニューは春巻きとサラダとスープ。それに杏仁豆腐《あんにんどうふ》。なんとかなりそうだ。ところどころ阿部に確認しながら目を通しているとドアがノックされた。

早めにやってきたメンバーかと思いきや、現れたのは初めて見る若い男だ。二十代、三十代でもない。もっと若い、まるで子ども、いや少年か。

「ここ、料理教室の『キャベツの会』ですよね」

「ああ、そうだけど」

「水瀬《みなせ》凜《りん》です。今日はよろしくお願いします」

思わず阿部と顔を見合わせ、どちらも首をひねる。

「何をどう、よろしくなのかな」

色白で細面の、少女にも見える少年は、無言のまま手にしていたトートバッグから白い封筒を取り出した。恭一たちに差し出す。受け取ると封筒には「十一月分　二千五百円」と書かれていた。

「君、料理教室に参加するの？　だって若いよね。もしかして高校生？　学校は？」

「高三なんで自由登校なんです。朝の学活だけすませてここに来ました。受けられるんですよね？　いいって言われたんですけど」

「誰に？　ああ、ひょっとして愛子先生か！」

「たぶんそうだと思います」

講師のもとに話が行き、おそらく引き受けたのだろう。それを誰にも告げないまま、ばたばたと帰省してしまった。

アクシデントに弱い阿部は顔を引きつらせ、「どうします？」と恭一の腕を揺さぶる。

「先生が了解していたなら問題ないですよ。すごく若い参加者で驚きましたが。水瀬くんと言ったっけ。料理は好きなの？」

「はい。まあ」

「なら大歓迎だよ。堅苦しい挨拶は抜きで、さあどうぞ」

ここで迷ったり悩んだりすると阿部をいたずらに刺激してしまう。今日のところは阿部に講師代理を果たしてもらうのが第一優先だ。恭一は如才《じょさい》なく少年を招き入れ、調理室の後方にある物入れに連れて行き、バッグをしまう場所を示しつつ、エプロンなどの身支度をさせた。

そうこうしているうちにメンバーが次々にやってくる。講師の急な欠席を聞いて驚き、高校生の急な参加にも目を剝《む》く。昔話に出てくるおじいさんよろしく、「あれまあ」と仰《の》け反《ぞ》るのは最高齢メンバー、代表の佐久間《さくま》だ。調理室は笑い声に包まれた。

高校生は凜くんと呼ばれ、どこの高校か、住まいはどのあたりか、料理教室をどこで知ったのかと矢継ぎ早の質問を受けている。急なことではあるが高校生には内海の抜けたところ、阿部のいるグループに入ってもらえばちょうどいい。

九時二十五分、メンバーの準備も整った。恭一は愛子先生の代わりに「始めますよ」と呼びかけ、阿部がやや緊張の面持《おもも》ちでホワイトボードの前に立つ。「おはようございます」

とまずは挨拶。みんなの私語も止み、「おはようございます」と唱和する。

「今日は愛子先生が急用のため欠席です。後を任されまして、いろいろつたないことは百も承知ながら、私が臨時に代理を務めさせていただくことになりまして」

すかさず佐久間から「ありがとう、助かる」と声がかかり、しぼみかけていた阿部の声が復活する。

「どうぞよろしくお願いいたします。ではさっそく今日のメニューの説明を」

取りかかる順番や調理のポイントは愛子先生がボードに書いておいてくれた。それをもとに阿部が要点を伝え、注意すべき部分には身振り手振りで念を押す。そのあとじっさいの食材を調理台に置き、説明を加えながら切り方の模範を見せた。豚肉、たけのこ、椎茸《しいたけ》、ネギ。言葉は多少つっかえたものの、包丁さばきは綺麗《きれい》だ。助手を務めてきただけのことはある。

見守っていたみんなの顔も明るく、順調な滑り出しに恭一が胸をなで下ろしたのもつかの間、メンバーのひとり、堀江《ほりえ》という男がへんなことを言い出す。

「何事もなく教室が開催できてよかったです。ここに警察が来たと聞いて、どうなることかと案じていました」

それはなんだとざわめきが起きる。

「最近、このあたりで空き巣が相次いでいたじゃないですか。先週の月曜日だったか、その犯人が捕まったと聞いてホッとしていたんですよ。でもそいつ、一件だけ自分じゃないと言い出して」

空き巣の多発は回覧板に書かれていたので恭一も知っていた。犯人逮捕についてはどこから仕入れてきたのか妻が教えてくれた。それですべて解決したとばかり思い込んでいた。

「一件だけって、どんな事件なの？」

メンバーが尋ね、堀江が答える。

「四丁目であった事件です。帰宅した住人と空き巣が鉢合《はちあ》わせしました。空き巣はなんと、丸腰の女の人たちに包丁を突きつけたんですよ。幸い、襲われるようなことはなく犯人は逃走したのですが、先週捕まった連続空き巣犯はその一件は自分じゃないと言い出して、警察も再捜査に入ったわけです」

「鉢合わせとは物騒《ぶっそう》だな。でも、だからってどうしてここに？」

「そのとき犯人が手にしていた包丁を警察が探しているらしいんです。で、包丁ならここにたくさんあるじゃないですか」

「何それ。包丁ならどこにでもあるだろ。うちにもあるぞ。君のところにだって。なあ？」

「はい。そうなんですけど、警察が調べたのはここの調理室らしくて」

アクシデントやトラブルに強いはずの恭一もつい聞き入ってしまった。突飛《とっぴ》な話に飲み込まれ棒立ちになっていたが、ふと動かした視線の先に高校生がいて我に返る。

噂話《うわさ》をだらだらと続けていいわけがない。料理をしに来ているのだ。時間は刻々と過ぎている。食材の鮮度は落ちていくし、鍵を返しに行く時間も決まっている。阿部を見ると眉を八の字に寄せ、人一倍情けない顔になっている。

恭一は手を叩いて声を張り上げた。

「皆さん、ここのスタッフからも愛子先生からも何も聞いていません。問題ないってことですよ。今は美味しい料理を作る時間、先生に褒《ほ》めてもらえるものを頑張って作りましょう。集中、集中」

張り詰めていた空気がほどけ、みんなも「そうだね」「やろうやろう」とグループ活動に入ってくれた。いつものように食材を分け合い、担当を決めて、湯を沸かしたり野菜を洗ったり。間違えないよう、いちいちレシピやホワイトボードを確認しながらの作業なので、自ずと無駄口もなくなる。

阿部も落ち着きを取り戻し、春巻きの目処《めど》をつけたところで他のグループを見に行く。愛子先生の代役を忘れてはいない。恭一もメンバーに頼んで抜けさせてもらった。

調理室にキッチンセットは六台設置されている。男の料理教室の他、パン作り教室、季節の行事食教室、蕎麦打ち教室などが、長期あるいは短期で開催されている。さっき話題に出た包丁はもとより、鍋からボウルまでしっかり管理され、使い終わったあとの掃除も手順が決められている。台拭きの干し方ひとつ、自己流にはできない。

もちろん普段は鍵がかけられ、第三者による備品の持ち出しなど考えられない。公民館からなんの話もないのは、紛失物の類《たぐ》いがなかったからだろうが、そもそも調べが入ること自体が問題だ。みんなの手前、「問題ない」と言ったけれど、なぜどうしてと不穏な影が胸に広がる。

阿部のグループに入った高校生は自分のお父さんより年上、おそらくおじいさんに近い人たちと一緒に、春巻きの皮を一枚ずつ剝がしていた。箸休めなんて言葉知ってるの？　すごいね。じゃあ面取りは？　そうそう。ニラ切ってよ、スープに入れるニラ。そんな声が聞こえてくる。

高校生の声は控えめなのでまわりの声しか聞こえないが、彼もなかなか爽やかに微笑《ほほえ》んでいる。それを見て安堵《あんど》するだけでなく嬉《うれ》しくなった。気まぐれの一回参加なのかもしれないが、続けてくれたらどんなに愉快だろう。メンバーは年齢も境遇も多彩な方が面白い。和《なご》んだ気持ちは、次のグループでたちまち引き締まる。空き巣の話をした堀江のいるグループだ。調理が順調に進んでいるのをいいことに、さっきの件を蒸し返している。

「被害に遭ったのが、ここでやってる手芸サークルに参加している人なんですよ。七十代の女性でご主人とのふたり暮らし。その日はご主人も出かけていて留守。四丁目と言えば内海さんが住んでいるでしょう？　何か聞けるかと思ったんですけどねえ。被害者はたまたまサークルの友だちと一緒に帰宅して、空き巣と鉢合わせしました。その友だちっていうのがまたおしゃべりな人で、あちこちで吹聴《ふいちょう》してるんですよ。私はカラオケサークルで聞きました」

話を切り上げるよう注意すべきだが、気になるので耳を傾けてしまう。阿部も同様らしい。スープ用の卵を割りほぐしていた会の代表、佐久間が口を開く。

「警察は犯人が持っていた包丁を探していると言ったっけ」

「はい。犯人が包丁を構えたところまでは、住人とその友だちが見てます。友だちはあわてふためいて玄関に戻り、外に出て大声で助けを呼びました。犯人はまずいと思ったんでしょうね。庭に下りて生け垣を掻き分け、道路に出て一目散に逃げました。友だちが言うにはそのときはもう手に包丁を持っていなかったそうです。でも、家の中にそれらしい包丁はなく、台所にも居間にも庭にも生け垣にもなかった」

「妙な話だな」

まわりで聞いていた男たちは同感と言いたげにうなずく。恭一も阿部も。

「待てよ。目撃者がいるなら犯人の顔を見てるってことだよな。それで捕まえられたりしないのか？」

「佐久間さん、鋭い。目撃者がいたからこそ先週に捕まった空き巣と、包丁を手にした空き巣は別人だとわかりました」

「ほう。だったらその、包丁の犯人とはどんなやつだ？」

卵の入ったボウルと菜箸を手にした佐久間に尋ねられ、堀江は緊張の面持ちで答えた。

「いかつい顔した髭面《ひげづら》の大男です」

それは会いたくないなと、男たちが声にならない声を出したそのとき、調理室のドアが開いて誰かが入ってきた。顔を向けたとたん、みんな一斉に息をのむ。

たった今、堀江が言った特徴そのものの、いかつい顔をした髭面の男ではないか。

悲鳴があがらなかったのはみんなの喉が強ばったからだ。動きたくても手足に力が入らない。恭一の目には男の手に包丁が握られているようにも見えた。全身に寒気が走る。血の気も引く。けれど瞬《まばた》きしてそれが錯覚であることに、かろうじて気付けた。男の手には何もない。

しっかりしろと自分に言い聞かせ、恭一はなんとか足を前に出した。トラブル対応の元プロは修羅場《しゅらば》を何度もくぐり抜けてきたのだ。お客さん、ではなくこの場合は会のメンバーだが、守らなくてはいけない。

「どうかしましたか」

かつて慣れ親しんだポーカーフェイスを引っ張り出して、距離を縮めて話しかける。男のいかつい顔には厳しい表情が浮かんでいた。醸《かも》し出す雰囲気よりもおそらく若い。四十代半ばか。何かに苛立《いらだ》っているような、憤慨《ふんがい》しているような、手負いの熊のような物騒なオーラを背負っている。すみやかに廊下に出そう。ここには包丁という危険な代物《しろもの》がキッチンセットのそこかしこに置かれている。ごま油で焦がしたドレッシング用のネギも凶器になりかねない。

「今、料理教室をやっている真っ最中です。用事でしたらあちらのスタッフルームに」

「いや、用事があってここに来た」

声まで低くて威圧的だ。どういう用事かと聞きたくもなくて、恭一は押し出す気持ちで胸を張る。けれど後ろにぴったりくっついていた阿部が、「見学ですか」と余計なことを言った。熊のような男は「見学」と聞き明らかに眉をひそめたのに、次の瞬間、「そうだ」とうなずいた。嘘つけと、言いたくても恭一には言えない。恐くて。

男は水を得た魚のように、いや、竹藪《たけやぶ》をくぐり抜けた熊のように悠然と調理室を見て歩く。見学という大義名分を得て、我が物顔でキッチンまわりを観察する。さらに、参加者ひとりひとりの顔を鋭い目つきで見つめている。恭一の全身に再び寒気が走る。好き勝手にさせてはいけない。せめて教室の壁際に追いやらなくては。そして通報だ。警察だ。拳に力を入れていると、男はなぜか突然素早く動いた。奥の調理台に駆け寄り、キュウリを刻んでいたメンバーの横に立つ。そのメンバー、前田《まえだ》も気付いたようで手を止め顔をあげた。

前田は四十歳そこそこという、今日の高校生を抜かせば一番若いメンバーだ。ずんぐりとした体形に愛嬌《あいきょう》のある髭面で、キャリア二十年になる美容師。ハサミを持たせれば超一流らしいが料理はからきしで、自炊の腕を上げたいと今年の春から加わった。

いかつい男とは知り合いなのかと思ったが、前田はきょとんとするだけだ。それに反して男の方はにわかに身を引いた。視線をたどれば、前田の手には包丁が握られている。調理の途中なので致し方ないだろう。でも男は半開きの口をへの字に曲げ、やけに驚いているように見える。

「前田くん、キュウリ上手に切れてるじゃないか。あとはもうちょっとスピードだね」

ふいにグループのベテランが前田に話しかけた。

「はい。頑張ります。家でも練習してるんですよ」

「それは立派だ。先月のふろふき大根もちゃんとできてたよね」

「ありがとうございます。美味しすぎて、ほんとびっくりしました」

ベテランから褒めてもらい前田は大喜びだ。

いかつい男がにわかに声を潜《ひそ》めて恭一に問いかけた。

「先月とは？」

「毎月第三月曜日が活動日なので、先月も第三月曜日にここで料理しました」

「その男性も当日は参加していたんですか」

そこの、とは前田のことらしい。

「はい。先月は和食でしたね。栗ご飯とふろふき大根と海老しんじょ、葛餅《くずもち》。前田さんも一緒に作りましたよ」

男は肩で息をついた。同時に威圧的なオーラが抜け、ひとまわり縮んだようにも見えた。人相の悪さは変わらないが覇気《はき》が薄れ、あまり恐ろしくない。

「どうかしたんですか」

恭一の問いかけに、「わあっ」と悲鳴がかぶさった。阿部が抜けたグループからだ。天ぷら鍋の前で騒いでいる人がいる。恭一と阿部、さらに謎の男も駆けつける。天ぷら鍋がジャージャーと音を立て、細かな食材が油の中で躍っていた。

「春巻きを入れたらこんなことに。ちゃんと包んでたのに」

「破裂したんですね」

「わあどうしよう、めちゃくちゃだ。あちちち」

菜箸を手におろおろするメンバーに、「火を止めて」と例の男が指示を飛ばす。

さらに、傍らに置かれたバットに目をやる。揚げる前の白い春巻きが積まれている。

「生地がダレてる。もしかして、中身が熱いうちに包んだんじゃないかな」

図星《ずぼし》だったらしい。メンバーはそうだったかも、どうしよう、レシピに書いてあるのにと、悲愴感さえ漂わせる。男は相手が白髪の老人と気付いたのかどうか、言葉遣いをあらためた。

「春巻きの表と裏をひっくり返して、生地のゆるみを押さえましょう」

「こちらの揚げ油は……」

「天かすをすくうような網はないですか？」

「あるある。お玉の形をしたのが」

「それで全部すくったらまた火を付けて、生地の破れに気をつけながら揚げてください。心配ならフライパンに多めに油を入れて揚げ焼きにすればいい」

的確なアドバイスをしたのち男はとなりのキッチンセット、恭一のグループに目をやり、バットに積まれた生の春巻きに歩み寄る。

「これ、ちゃんとのり付けしてますか」

「のり？」

グループのメンバーが聞き返す。

「水で溶いた小麦粉のことです」

「いや、水だけだったかも」

「それだとすぐに剝がれてしまう。やり直してください」

レシピにはちゃんと書いてあるし、ホワイトボードでも説明した。けれどこれまたうっかりしたらしい。言われたメンバーが小麦粉を探すと、仕分けられた食材の中にすぐ見つかる。ただし、小さなガラスの器がふたつあり、同じような白い粉が入っている。戸惑うメンバーを見て男は器をのぞき込んだ。

「ひとつは片栗粉で、もうひとつは小麦粉ですね。片栗粉は……ああ、スープに使うんじゃないかな」

「ですね。中華スープに。でもどっちが小麦粉なのか」

男は迷うことなく片方の器を指さした。

「こっちですよ」

やりとりを間近で見て恭一は感嘆した。指示は的確で明瞭。目の付け所も申し分ない。調理の途中まで進んでいる状況なのに、パッと見で理解する判断力まで備わっているらしい。

「ありがとうございます。実は今日、講師役が急に欠席になりまして。私もグループを抜けてしまいました。〝のり〟の失敗は私の失敗でもあります」

恭一が頭を下げると阿部も「不手際ばかりで」と恐縮する。ふたりを見て男は「いえいえ」と首を横に振った。

「おれみたいなのが急に現れて、皆さん、落ち着かなかったんだと思います。申し訳ありません」

謝る姿を見てなんてことだとまた驚く。さっきまでとは別人のような変わりようだ。見かけはいかついが中身はちがうらしい。

「調理の心得があるんですか」

「はい。食堂をやっています」

そういう人がなぜいきなりここに現れたのか、聞いてみたいけれども、すぐそばでみんな調理中だ。浮き足だった雰囲気はなかなか収まらず、ボウルを落として派手な音を立てたり、ネギはどこだと歩きまわったり、小鍋と中鍋をまちがえたり。

「もしよかったら少し手伝いましょうか」

男から言われて、考えるより先に言葉が出た。

「助かります。ぜひ」

「でも、なんの用意もしてなくて」

阿部がいつになく機敏な動きで、予備のエプロンと三角巾を持ってくる。

「名前を聞いてもいいですか」

「熊森《くまもり》です。二丁目で『くまもり食堂』というのをやってます」

彼が手を洗い終わったところでみんなに紹介すると、明るい声が次々にあがった。今日のレシピが彼に手渡され、阿部がホワイトボードを見せにいく。任せても大丈夫そうだ。

恭一は自分のグループに戻り、ドレッシング作りに集中した。

やがてサラダやスープも形になっていく。最初に作られ、冷蔵庫で冷やされていた杏仁豆腐の出来映《できば》えも上々らしい。それぞれのグループが盛り付けに入り、そこかしこから「完成!」「できました」と聞こえてきた。

途中からサポートしてくれた熊森にも試食会に参加するよう誘った。しきりに遠慮したが、阿部はもちろん他のメンバーからも「ぜひに」と請われ、用意した椅子に腰を下ろしてくれた。いつもは愛子先生が座っている場所だ。

その愛子先生が仕掛けてくれたご飯も炊き上がった。今日の献立は春巻きと中華サラダとニラ玉スープ。デザートに杏仁豆腐がつく。試食会という名の昼ご飯が始まった。

春巻きを破裂させたグループもそのあとは無事に揚げることができた。美味しい美味しいとご機嫌で頬張っている。熊森もよい食べっぷりだ。

和やかに食事が進んだところで、みんなの関心が熊森に向けられているのを感じて恭一は話しかけた。

「二丁目の『くまもり食堂』と言ってましたね。そこでシェフをされてるんですか？」

「ただの料理人です。親がやってた店なんですけど、父が亡くなり、母も高齢で。二年前から私が厨房に入りました」

食堂の名を聞き、「知ってる」「行ったことある」と方々から声がする。みんな箸を動かしながらも熊森の言葉に耳を傾けている。

「今度私も寄らせてもらいますよ。楽しみができました」

「ありがとうございます。ただその前に、もっとちゃんと皆さんにお詫《わ》びしなくては」

彼はにわかに立ち上がり、厚みのある身体《からだ》をすぼめて頭を下げた。

「人相の悪い男がいきなり現れて、お騒がせしました」

恭一は腰を浮かして座るように促す。

「謝るよりも、もしよかったら事情を話してくれませんか。私たちも調理が始まる前に不穏な噂話を耳にしていたんです」

「不穏な話とは？」

熊森は座ると同時に聞き返す。

「ここに警察が来たらしくて。それは空き巣の事件と関係があるようで」

「ああ、なるほど」

「熊森さんは何か知っているんですか」

「先週、このあたりを荒らしていた空き巣が捕まったことは知っていますか。捕まったのはほんとうによかったのですが、一件だけ自分はやってないと言い出しました。その一件というのが、帰宅した住民と鉢合わせした事件です。犯人は包丁を突きつけたらしい。物騒な居直り強盗ですよ。鉢合わせしたのがひとりではなかったので、騒ぎになって犯人は逃走しました。そのとき包丁をどこかに隠し、警察はそれを捜しているんです」

「私も同じような話をついさっき聞いたところです。でもそれと、この調理室に警察が来たことがつながりません。さっぱりわからないんです」

「事件のあった当日に、包丁を隠したとしゃべっている男がいたそうです。その人は公民館でやっている男の料理教室に参加しているらしい。そいつが犯人ではないかと言い出す人がいて」

調理室は静まりかえった。誰しも二の句が継げないのだ。固まったりそわそわしたのち、「何それ」「どういうこと」と口々に言う。

「噂ですよ。あくまでも噂話。でも私の耳にも入りました。うちに来る常連さんが、料理を運ぶ母親にいろいろ話すもので」

「ちょっと待ってください。男の料理教室に参加してる男って、つまり私たちのことですか？　この中に居直り強盗の犯人がいるってことですか。そりゃひどい。あんまりだ」

憤慨する恭一を、なだめるように熊森は片手で押し止める。

「気持ちはわかります。と言うと自己弁護になってしまいますが、私も似たような思いでここに来たんです」

「は？」

「私は最初、一連の話を聞き流していました。正直に言うとすでに不快ではあったんです。目撃談によると犯人は髭面の大男だそうです。常連さんの中には、まるでシェフだね、シェフだったりしてと、ふざけて笑う人もいました。すごく嫌でした。もちろん私はやってないので聞こえないふりをしていました。途中から『料理教室に通う男』という噂が交ざるようになりましたが知らんぷりです。そうこうしていると空き巣が逮捕され、やれやれと思っていたのに、居直り強盗の件だけは自分じゃないと言い出したらしい。捕まったのは目撃談には似ていない男だったので、犯人は別にもうひとりいる、そいつは髭面の男にちがいないと、噂好きの連中がまたしても騒ぎ出したんです」

相槌《あいづち》を打つことも忘れて恭一は聞き入る。熊森はみんなをちらちら見ながら続ける。

「連中の勝手な憶測は止まらず、『料理教室に通う男が怪しい』の『教室』が取れ、『料理人が怪しい』という噂まで出てきました。『髭面の大男で料理人』となったら、この私が当てはまるじゃないですか。あいにく月曜日は店の定休日で、先月の第三月曜日もアパートでごろごろしていました。母とは住まいがちがうんです。アリバイってのもない。もしかしたらほんとうに疑われているのかもと思っていたら、昨日のお客さんの中に、『料理教室の男がシェフに罪をなすりつけているんだよ』と言い出す人がいて」

現れたときの熊森を恭一は思い出す。苛立ちもあらわに、物騒なオーラをまとっていた。そうとうカッカしていたのだ。

「申し訳ないんですけどいざ来てみれば、目撃談にあった髭面の大男がここにもいました」

熊森の視線をたどったメンバー一同が、「おおっ」と声を揃える。そこにいるのは美容師の前田だ。食事中なのでマスクを外している。髭面なのは一目瞭然。マスクをしていても顔が大きいので髭がはみ出している。そう彼は、いかつい顔というよりぽっちゃり顔だ。ただその感覚は人柄を知っているからであり、見ず知らずの人には多少なりとも恐い印象を与えるのかもしれない。

「みんなどうしておれを見てるんですか。おれがどうかしましたか。え？　まさか。やだな。居直り強盗だかなんだかに、おれが思われてるとかなんとか？」

おろおろする前田に、恭一は「ちがうよ」とすぐ返した。

「事件があったのは先月の第三月曜日。ですよね、熊森さん」

「はい」

「前田くんは朝の九時半から三時過ぎまでずっとここにいた。空き巣が居直り強盗に変じたのは何時頃ですか」

「お昼の十二時前後と聞いています」

「ほら、アリバイがあるってことだよ」

前田は「よかったー」と胸をなで下ろす。熊森がまた謝る。

「さっき話を聞いていて気付きました。その前は包丁を手にした前田さんを見て血の気が引いたりして。ほんと疑ったり騒がせたりですみません。無責任な噂話を心底嫌っていたのに、自分自身が踊らされていたんですね。情けない」

「誰にでも『しでかし』はありますよ。大事なのは間違いに気付いたときどうするかです。熊森さんはすぐに非を認め謝罪してくれた。それで十分ですよ。ただ、どうして『料理教室』や『料理人』が噂の被害に遭うのか。それは謎のままですね」

空気がゆるみ、みんな再び箸を動かす。春巻きやサラダが綺麗になくなり、杏仁豆腐が出てくる。それに舌鼓を打っているときだ。高校生の水瀬がひょろりと片手を挙げた。授業中の挙手のポーズ。一連の話に黙って耳を傾けつつ、食事は美味しそうに頬張っていたので安心していたが。

「水瀬くん、どうかした？　初参加の君の感想、聞きたいと思っていたんだよ」

「感想ではないんですけど、ちょっと話してもいいですか」

「ああ、もちろん。なんだろ」

「前田さんは前回の料理教室に参加して、ふろふき大根を作ったんですよね。さっきそう話しているのがぼくにも聞こえました」

早くも杏仁豆腐をたいらげた前田が笑顔でうなずく。ふろふき大根なら前回、同じグループのベテランから褒められていたメニューだ。

「隠し包丁も入れましたか？」

「うん。入れた入れた。初めてね」

厚みのある大根を煮るとき、火の通りを良くするために、十文字の切れ目を包丁でつける。盛り付けるときは切れ目のない方を上にするので見えなくなる。昔から隠し包丁と呼ばれている。

「その話を帰り道などで、誰かにしましたか？」

「話って？」

「隠し包丁をした、という話です。調理室の外のどこかで、誰かに」

前田は眉根を寄せ、目線を斜め上の天井に向けた。そのまま首を大きくひねってからポンと手を叩く。

「電話で友だちにね。教室が終わってから駅前のドトールに寄ったんだ。テラス席に座ったから、電話も大丈夫かと思ってちょっとかけた。そのときだ。今日は隠し包丁ってのがうまくできたって。友だちに『ほんとかよ』なんて冷やかされたもんだから、ちゃんと隠せた、ナイフじゃなくて包丁だよ、なんて……」

聞きながら恭一の胸はざわついた。調理室内もざわつく。それはひょっとして、もしかしてと嫌な予感が多くの人の脳裏をよぎったのだ。水瀬はまた問いかける。

「前田さん、電話で話しているとき、近くにお客さんはいましたか」

「さあ。空いていたからテラス席にしたんだけど。ああ、でも人はいたな。席を離れるときに落とし物をしちゃって、拾って追いかけくれる人がいたんだ。助かったよ」

「何を落としたんですか」

「これこれ」

前田は首からぶら下げているビニールケースを指さした。

「荷物の間に挟んでたのが滑り落ちたみたいで」

同じものは自分の首にもかかっている。手に取ってのぞき込み、恭一は固まった。自分の名前だけでなく「キャベツの会」と書かれている。太字のロゴマークなので、個人の名前よりも目立つ。

恭一は言わずにいられなかった。

「ひょっとして、電話の言葉を聞きかじった人が誤解したんだろうか。『隠し包丁』の話を『包丁、隠し』と間違えたとか」

電話で話していたのが大柄の髭男というのも曲解に拍車をかけたのかもしれない。目撃者談が広まっていたのなら、「うがった見方」という偏見が入る。

たちまち「おいおい」「嘘だろ」と飛び交う。もっと過激な罵《のの》り言葉にならないのは、料理好きの穏やかな人が多いせいもあるだろうが、怒りよりも戸惑いの方が大きいからだ。

まさかそんなと、ただただあきれてしまう。

熊森が唸《うな》るように言った。

「捨て置けません」

小山のような両肩に力がこもる。

「今の話がほんとうで、聞き間違いからのデタラメを吹聴してるとしたら、ふざけるなの一言です。居直り強盗未遂と結びつけるなんてもってのほか。料理教室も料理人も料理そのものも馬鹿にしている。おれは、いや私は、このままになんてしておかない。断固、噂の出所を見つけ出します。あてはありますよ。おしゃべりな人たちからたどっていけばい。必ず突き止めて、『隠し包丁』がなんたるかを骨の髄まで教えてやります！」

おお、という歓声と同時に拍手が湧き起こる。次々に立ち上がるのでまさにスタンディング・オベーションだ。恭一も夢中で手を叩く。私たちもやりましょう、料理教室の名誉にかけて、泣き寝入りなんてしませんよ。勇ましい言葉がそこかしこから聞こえる。自分のせいかとしょげていた前田も、左右から背中を叩かれ顔を上げる。彼は何も悪くないのだ。

試食会は思いがけない盛り上がりと共に閉会になった。熊森との共闘はほんとうに結ばれるらしい。最初に噂話を聞かせた堀江が中心になり、さっそく作戦会議だそうだ。名誉挽回に期待する。

後片付けはグループごとだが、全体の点検や床清掃は順番でひとつのグループが担当する。それも終わり、みんな送り出して残ったのは恭一と阿部、台拭きを干していた水瀬の三人だった。

恭一は歩み寄り「お疲れさま」と声をかけた。

「初参加だったのに最後になっちゃったね。ありがとう」

「いえ、ぜんぜん」

「今日はびっくりなことばかりだった。いつもはこんなんじゃないんだよ。もっと平和で穏やかだ」

笑いかけると水瀬は小さくうなずき、何か言いたそうな顔になる。恭一には察するものがあった。

「君はどこで『キャベツの会』を知り、参加を決めたのかな」

メンバーに囲まれ質問攻めにあったとき、高校名や居住地は答えていたが、恭一の知る限り参加の動機は言わなかった。

「何かきっかけがあるはずだ。よかったら聞かせてくれる？　もともと愛子先生には話していたんだよね」

「はい。あの、それはおじいちゃんです」

恭一の「やっぱり」という返しに、彼はパッと顔を上げる。

「気付いていたんですか」

「途中からね。君があまりにもすんなり溶け込んでいるから。まるで手順や流れを知っているかのように動きがスムーズだった。グループ参加も、今日休んでいる内海さんの代わりにあそこに入ったわけだが、馴染《なじ》みが早いだけじゃない。気になってときどき見ていたら、まるで内海さんがいるかのように感じられた。たぶん、顔立ちや雰囲気が似ているんだね。年齢はぜんぜんちがうのに」

横で聞いていた阿部が割って入る。

「え？　水瀬くんのおじいさんが内海さんなの？」

「母方なので苗字がちがうんです」

「わあ、言ってよ。たしかにどことなく似ているかも。もしかして内海さん、自分が欠席になるから気を遣ってくれたのかな。このところ人数が減っていたから」

ひとり分の会費があるとなしとではだいぶんちがう。内海ならいかにも考えてくれそうだ。

「講師の先生には話したはずです。だからぼくが言わなくてもいいんだと思っていたら、誰も知らないみたいで。でも途中からはなんか言えなくて」

「そうか。愛子先生が欠席しなければちゃんと紹介されてたよね」

「おじいちゃん、最初は冗談っぽく言っていたんです。ぼくの進路は推薦が決まったので受験もなくなり、暇にしてるなら第三月曜日に代役をやらないかって。料理は嫌いじゃなかったし、月曜日はなんとかなるのでだんだんその気に」

「よかったよ、来てもらって。うちとしては大歓迎だ」

阿部と水瀬のやりとりに、今度は恭一が横入りした。

「もうひとつ聞いてもいいかな。水瀬くん、空き巣が住人と鉢合わせした例の事件を、ここに来る前から知っていたんじゃないかな？」

阿部は目を丸くしたが、水瀬は短い逡巡《しゅんじゅん》のあとにうなずいた。

「おじいちゃんから聞いていました」

「内海さんは四丁目の人だものね。町内会の役員もやっている。事件について、いろいろ聞き及んでいるだろうなとは思っていたよ。もしかしてうちの料理教室が疑われている件も、内海さんは知っていたのかな」

「はい」

「きっと心配してくれただろうね」

「かなり。とても。すごく」

「だから君をよこしたのか。名探偵になって、事件の謎を解いてくれって」

笑いながら言うと水瀬も白い歯をのぞかせる。

「ちがいますよ。でもおじいちゃん、逃走した空き巣とキャベツの会がどうして結びつくのかと、憤慨しながら繰り返していました。不名誉な濡れ衣は口惜《くや》しいし、メンバーが変な目で見られるかと思うとじっとしてられないって。転んで腰も痛めているのに、ほんとうに立とうとするのであわてました」

「それで君はほんとうに名探偵になってくれたんだ。ふろふき大根の隠し包丁を見破ってくれた」

「たまたまです。何か疑われるきっかけがあるはずだと、それればかり考えていたんで。まだ合っているかどうかはわかりませんし」

あらためてとても賢い子だと感心する。目配り気配りが良く利いている。

「そうだね。熊森さんたちの調査結果を待つとするか」

「はい。でもそれで終わりじゃないでしょう？　包丁を突きつけた犯人はまだ逃走中。捕まらないとすごく危険です」

横から阿部もそうだそうだと騒ぐ。

「水瀬くん、それ本気で言ってるの？」

「は？」

「君の話を聞いて、事件は終わっているんだろうなと思ったんでね」

水瀬も阿部も聞き返す顔で、恭一をまじまじと見るだけだ。

「内海さんは君に、キャベツの会が被《こうむ》っている不名誉な噂話のことを話した。空き巣とキャベツの会がどうして結びつくのか、それが知りたいと訴えた。そうだよね？」

「はい」

「逆に言うとそれだけなんだ。逃げた犯人のことには触れていない。ちがうかい？」

渋々という雰囲気で首を縦に振る。危険な逃走犯と孫を近づけたくないと祖父が思うのは自然で、話題を避けてもおかしくない。そう言いたいのだろう。でも。

「私はここに来るまで、空き巣が捕まったことくらいしか知らなかった。阿部さんも警察が来たことは知らなかった。ですよね？」

阿部は「はい」とうなずく。

「代表の佐久間さんもそうだと思う。愛子先生から何も聞かされず、ここのスタッフもいつもの挨拶をするだけ。何が言いたいかというと、警察が調理室を調べに来たとしても、大がかりなものではなかったんだろうなということだ。じっさい今日はキャベツの会のメンバーが揃っているのに現れない。ノータッチ。もうひとつ、堀江くんの話を聞いていて思ったのは、空き巣に出くわした友だちの話はいろいろ出てくるのに、住人の言葉はほとんど聞こえてこない。つまり、内海さんも愛子先生も公民館スタッフも、空き巣に出くわした住人も、もっと言ってしまえば警察でさえ、居直り強盗未遂犯については触れない。語らない。騒ぎにしていない。やかましいのはおしゃべりな友だちと、そのまわりの噂好きな連中だけだ」

「すみません、もっとわかりやすく言ってください」

「デリケートな問題があるんじゃないかと私は思う。取扱注意の状況だ。振り返って考えてみれば、犯人が包丁を構えたところや、包丁を持たずに逃げたところはどちらも住人の友だちが見ている。じっさいにあった出来事なんだろう。でも包丁は家の中にも庭にも生け垣にもなかった。正しくは包丁はあったと思う。たいていの家には普段使いの一本や二本はあるからね。それが定位置に収納され、住人が自分はいじってない、動かしてないと言えば、警察は他を捜すしかない。犯人が自ら家の中に持ち込んだ自前の包丁だ。けれどどこにも見つからず、忽然《こつぜん》と消えたという話になってしまった。ほんとうはどうだったんだろう。おしゃべりな友だちが玄関に走り、戻ってくるまでのわずかな時間に、包丁は誰によってどう隠されたのか」

阿部も水瀬もじっと考え込む。沈黙がしばらく続く。それを破ったのは水瀬だ。

「居直り強盗未遂の話は、ぼくの母親がおばあちゃんから聞きました。初めのうちは恐いね、防犯対策をしっかりしなきゃとずいぶん言っていたんです。でも先週、料理教室の代役の件で家に行ったら、おばあちゃんもおじいちゃんもなんか曖昧《あいまい》で。空き巣が捕まったと聞いて、ぼくが良かったねと言ったら、近所の一件だけはちがうらしいとか、でもまあ大丈夫とか、もういいんだとか。話をしたくないのかと思ったら、キャベツの会の濡れ衣の話になると、おじいちゃん猛然と怒るんです。変だなとは思っていました」

恭一は「そうか」と返す。

「犯人が捕まっていないのに、もういいと言ったのか」

それが答えなのだ恭一は思う。内海には見えているものがあった。けれど孫には言えなかった。孫に限らずめったなことでは口にできなかったのだろう。とてもデリケートな問題だから。たとえば、住人が無人のはずの家の中で遭遇したのが、見ず知らずの他人ではなかったとしたら。驚いてへたり込んだあとに身内だと気付いたら。逃げる際に置き去りにしたその家の包丁を、とっさに隠したくなる心理は想像に難くない。庇《かば》いたい気持ちが先に立ち、包丁という物騒な代物と身内を無関係にしたかったのでは。

阿部が「あのですねえ」と声を荒らげる。

「つまりどういうことですか。私にはさっぱりですよ。水瀬くんも湯浅さんも何かわかったわけ？　言ってよ。教えてよ。私だって知りたいよ」

「もう少し待ってください。今しゃべると、無責任な噂話になってしまいます」

「そんなあ」

「どうやら過度な心配はいらないようです。内海さんの様子からすると」

小さな子どものように阿部が駄々をこねていると、水瀬は綺麗に無視して言う。

「おじいちゃん、他にもおかしかったことがあります。ぼくの進学先はぼくにしては偏差値が高くて、馬鹿みたいな話だけどけっこういい気になっていました。あの日は推薦が決まって初めて家に行ったので、ご機嫌で迎えられるとばかり思っていたんです。なのにあまり喜んでくれなくて。いつもだったら、よくやった、えらい、すごいと大げさに褒めてくれるのに。興味がないみたいだねと言ったら、嬉しいし喜んでいるし、凜は自慢の孫だけど、孫で悩む人もいるからねって。心を込めてかわいがっても、うまくいかないときもあるからねって」

「なんか、内海さんらしいなあ」

内海がどんな仕事をしていたのか、恭一は知らない。家族構成も聞いたことがない。でも包丁さばきはなかなか見事で、餃子《ギョーザ》を包む手つきも危なげなかった。好物は酢味噌和《すみそあ》えで、分葱《わけぎ》やウドを食べるときはほんとうに幸せそう。そして手が震えて包丁が持てなくなった人にも、硬い物が嚙《か》めなくなったとしょげている人にも、大らかに細やかに接していた。

近所の人が見舞われた厳しい現実にも、心を痛めずにいられなかったのだろう。

気がつけば午後三時を過ぎていた。阿部はまだごねていたが、鍵を返しに行かなくてはならない。三人で連れだって調理室をあとにした。

「水瀬くん、内海さんによろしくね」

「よかったらまたおいでよ。大歓迎だ」

大人ふたりに言われ、高校生は小さくうなずく。はにかんだ笑みも浮かべてくれた。歩いて駅に向かう彼を見送ってから、恭一も阿部もそれぞれの自転車に跨がった。


その後、「隠し包丁」を聞き間違え、質の悪い噂を流した犯人捜しはぬかりなく進み、途中で居直り強盗未遂犯についての真相も漏れ聞こえてきた。

空き巣とばかり思われていたが、実際はその家に住む夫婦の孫だった。同居したことはなかったが小さい頃はよく遊びに来ていたそうだ。祖母が台所の流しの下にへそくりを隠しているのも知っていて、自分が作った借金の返済に充てようと企てた。

祖父母がいない時間を見計らい、親が持っていた合鍵を使って侵入。台所でへそくりを探そうとしたが、そのとき錆《さ》びた包丁を見つけた。高校時代に砥石《といし》を使って研《と》いであげたこと、祖母がとても喜んでくれたことを思い出し、バレない程度に研ごうとした。けれど準備している最中に祖母が帰宅し、祖母の友人共々鉢合わせしてしまう。悲鳴をあげるふたりにあわて、「ばあちゃん、おれだよ」と声をかけるのが精一杯。恐くなってその場から逃げ去った。

へたり込んでいた祖母はようやく孫だと気付き、あらためて台所を見れば砥石も出してある。黙って忍び込んだのはよからぬ意図があったからだろう。けれど包丁を手にしていたのはたまたまだ。襲う気なんて微塵《みじん》もない。そう思ったとたん、庇いたい気持ちがあふれ、大急ぎで包丁と砥石を流しの下にしまった。戻ってきた友だちにも、通報を受けて現れた警察にも、知らないわからないで通したが、友だちは包丁のことを大げさに吹聴し、警察の取り調べは執拗《しつよう》だった。

内海は逃げていく髭面の男を見かけ、その家の孫ではないかと思ったそうだ。子どもの頃の面影があったので。やたらなことは言えず、妻にだけ打ち明けていたところ、あるとき奥さん同士で話す機会があった。隠しきれないと思い悩んでいた女性は、話を聞いてもらっているうちに心を決めた。孫の親である娘夫婦に相談し、そこから孫の説得がかない、春巻きの料理教室が開かれる三日前、孫とその親が警察に出向いた。事実を包み隠さず話し、本人も深く反省していることから厳重注意にとどまったと言う。

「隠し包丁」を曲解した人間が突き止められたのは、料理教室のあった翌週のことだった。熊森にもキャベツの会のメンバーにもそうとう絞られたらしい。翌月の料理教室に連れだって三人で現れ、冒頭にたどたどしい謝罪を口にした。熊森に睨《にら》みつけられ縮こまりながらも、皆さんの名誉挽回に努めますと言い残し、そそくさと引き揚げていった。

今日のメニューはクリスマスに合わせてチキン料理がメイン。愛子先生がホワイトボードの前に立つ。和歌山の母親はなんとか落ち着いているそうだ。ホワイトボードの脇に自前のエプロンをつけた熊森が控える。講師役がふさわしいプロなのに、受講生と同じ額の参加費を払ってくれた。気が向いたらこれからも出席すると言っている。どうなるだろう。

高校生の水瀬も祖父の代理でやってきた。メンバーとも楽しげに雑談している。何を話しているのかといえば魚の裁き方だ。身振り手振りのメンバーに、彼も手のひらをしなやかに動かしている。

「さあ皆さん。始めますよ。集中、集中」

愛子先生の声に私語が止まる。

恭一も阿部もホワイトボードに目を向ける。この部屋に美味しい匂いが立ちこめるまであと少しだ。

松村比呂美

離れ

松村比呂美

まつむら・ひろみ

福岡県生まれ。二度に及ぶオール讀物推理小説新人賞の最終候補ほか、多数の公募新人賞で入選。2005年『女たちの殺意』でデビュー。

主な著書に『黒いシャッフル』『鈍色の家』『キリコはお金持ちになりたいの』『終わらせ人』『恨み忘れじ』『幸せのかたち』などがある。

夫が退職金で離れをつくろうと言い出した。

「庭に？　物置じゃなくて離れを？」

私は定年退職を間近に控えた夫の顔を見つめた。

グレーヘアになっているが、髪の量が多いし、体形も若い頃とそれほど変わっていないので、六十五歳という年齢より若く見える。長年スーツ姿で会社に通っているせいか、家でも襟付きのポロシャツなどを着たがる。Tシャツよりそのほうが落ち着くらしい。

「離れがあったら、沙希《さき》たちが泊まりにきても気兼ねしなくていいんじゃないかな」

夫は、いいアイデアだとばかりに、自分で言って自分で頷《うなず》いた。

ひとり娘の沙希は車で三十分の距離に住んでおり、子供たちを連れて頻繁《ひんぱん》に泊まりにきている。

夫は、幼い孫たちが家の中を走り回るのがいやなのだろうか。会社勤めをしている間はいいが、定年退職したら自分の居場所がなくなると思っているのかもしれない。

「離れは沙希たちが泊まるの？　それともあなたの部屋にするの？」

コーヒーケトルを火にかけ、豆をミルにセットした。

濃い香りが漂うキッチンで深呼吸をして気持ちを落ち着けようとしたが、夫が「離れ」という言葉を口にしてから、閉じ込めていた感情が、泡のように次々と浮かんでは消えている。

「自分の部屋にすることは考えてなかったな。客間がリビングの隣だから、洋平《ようへい》君が落ち着かないだろうと思ったんだよ」

夫は、娘婿の名前を言った。

彼が泊まりにくるのは、年に数えるくらいだ。

洋平は、休みの日は子供たちの世話をよくしているらしいが、夜勤のある仕事をしているので、夜勤明けはゆっくり寝かせてあげたいと沙希は思っているようだ。

三歳と五歳の腕白な子供たちは、父親が寝ていても、遊ぼうと言って体の上に乗ったり、揺り起こしたりしてしまうらしい。

「あの子たちが頻繁に泊まりにくるのも今だけよ。小学校に上がったら週末だけになるでしょうし、塾に通うようになったら寂しいくらいにこなくなるから。それに、庭に離れを建てるのはいろいろ規制があって難しいみたい」

私は、学生時代からの友人、季久美《きくみ》に聞いた話をした。

ひとり娘が三人の子供を連れて出戻ってきたので、娘家族を住まわせるために庭に離れを建てようとしたが、条件が合わず断念したと聞いたばかりだ。

「季久美さんのところはうちと同じくらいの敷地だろ。それで建てられないんだったら、うちも無理だろうな。建ぺい率の問題もあるだろうし」

「今度会ったら詳しく聞いておくわね」

コーヒーを淹《い》れて夫の前にカップを置いた。

「いや、聞かなくていいよ。離れはやめておこう」

首を横に振ってから、夫はコーヒーカップを持ち上げた。

定年退職金で何か記念になるものを買おうか、旅行にいこうか、車を買い替えようか、という相談の最中に出た案で、結局、台所をリフォームしようということで落ち着いた。沙希の子育てのサポートのためにやめた料理の仕事をいつ再開してもいいように、広めのアイランドキッチンにしようと夫が提案してくれたのだ。

しかし、その話をして以来、子供の頃の映像が頻繁に浮かんでくるようになってしまった。

夫が発した「離れ」という言葉と共に……。

はっきり脳裏《のうり》に浮かぶのは、運動会の豪華なお弁当だ。私が小学四年生の秋のことだった。

実母が病気で亡くなって、一年後に父が再婚。新しい母親がお弁当を作ってくれる、初めての運動会だった。

娯楽が少なかった当時、小学校の運動会は、子供にとっても親にとっても一大イベントで、ほとんどの家庭では、場所取りのために父親が早朝から校庭にゴザを敷きにいき、母親は運動会の弁当を作るために前日から準備をする力の入れようだった。

私の家は、体の弱い実母が入退院を繰り返していたので、運動会のお弁当はいつも高齢のお手伝いさんが作ってくれていた。赤飯とひじきの煮物、高野豆腐《こうやどうふ》、きんぴらごぼうが入っている、地味な色合いのお弁当だった。

実母が亡くなり、一周忌を済ませてから父が再婚すると、長年世話になったお手伝いさんがやめてしまった。高齢になったお手伝いさんがやめたいと言ったので、父が再婚を決意した、と言ったほうが正しいかもしれない。

育ちの良い、若くて美しい人が、ふたりの子供がいる家に後妻として入ったのは、父の興した会社がうまくいっているからだろうと、お手伝いさんが知り合いの人に話しているのを聞いたことがある。

義母は家の中をいつもきれいに片付け、洋裁や編み物も得意で、私や五歳下の弟の服は手作りだった。周囲には、血の繋《つな》がらない子供たちを大切に育てている理想の母親に見えたことだろう。実際にそういう評判だった。

だが、義母は感情を表にあらわすほうではなかったので、近寄りがたいところがあった。私が義母を遠慮がちに見ているのと同じように、義母も血の繋がらない私に、どう接していいのか迷っている感じだった。

父は、仕事が忙しくて運動会の応援にくることができないのはわかっていたが、義母が弟を連れてお弁当を持ってくるはずだった。

しかし、何度後ろの応援席を振り返っても、義母の姿も弟の姿も見えなかった。私の出番は早々《はやばや》終わってしまったが、徒競走で四等という成績だったので、見られずに済んでよかったくらいだ。ただ、お昼の時間にお弁当が間に合うのか、それだけが心配だった。

ついに午前中の競技が終わり、アナウンスが流れてみんな一斉に家族がいるゴザの所に走っていった。

親がこない人は教室で先生と一緒にお弁当を食べることになっている。私だけが、ゴザの敷いてある場所にも、教室にもいくことができずにいた。

みんなが家族と楽しげにお弁当を食べているのを横目で見ながら、義母と弟を探して運動場を走りまわった。四年生の場所を勘違いしているのかもしれないと思い、ほかの学年のところにもいったが、やはり、ふたりの姿を見つけることはできなかった。

あまりうろうろしていては目立ってしまう。自分だけがお弁当を食べていないとクラスメイトに知られてしまうかもしれない。

木陰に隠れたり、表に出てきて運動場を見回したりしているうちに、午後の競技が始まる時間が近づいてきた。

おなかが空いて喉《のど》も渇《かわ》いてきた。

とぼとぼと集合場所に戻っていると、担任教師が、「どこにいってたんだ。おかあさんが探してたぞ」と駆け寄ってきた。

「弟さんが熱を出して家で寝ているそうだ。おかあさんはすぐに家に戻ったよ。お弁当を預かっている。クラスの団体競技はまだずっとあとだから、教室でゆっくり食べなさい」

担任に促《うなが》されて、一緒に教室に向かった。

母は、二段重のひとつを私に、もうひとつを皆さんでと言って、風呂敷包みをみんなの前で開けたという。

いろいろな事情があって、家族がお弁当を持ってこられない生徒のために、独身の男性教師は自分でおにぎりを作ってきたと言った。それを食べているときに、母が教室に入ってきて、運動場を探しているけれど娘とまだ会えていない、息子が熱を出しているから私はすぐに家に戻らないといけないと説明して、お重だけ置いて教室を出ていったそうだ。

「私もおかあさんを探していて、運動場をぐるぐる回っていたから……」

「そうか。すれ違いになってしまったんだな」

担任に言われて、私は黙って頷いた。

お重のちらし寿司は、ゆでた海老《えび》を花のように散らして飾ってあり、錦糸卵《きんしたまご》は、その名の通り糸のように細く切られていて美しかった。ほんのりピンク色の桜でんぶも義母の手作りだ。インゲンの緑がちらし寿司を引き立てている。

以前、義母がちらし寿司を作ったときに、私は側《そば》でじっと見ていた。一緒に作ろうとは言ってもらえなかったけれど、邪魔だから向こうにいって、とも言われなかった。

お重の煮物は、人参《にんじん》が梅花の形になっていた。いろいろな野菜や卵の肉巻きは、半分にカットした切り口がきれいで、お重の中を一層、華やかに見せている。

涙の味はしたが、義母の作る料理はやっぱり美味《おい》しかった。

一緒に暮らすようになって半年の間に、私は義母の料理に魅了されていた。

お重を風呂敷で包み、机の上に置いたまま運動場に戻ると、義母の作ったお弁当を食べたクラスメイトたちに、「おかあさん、すごいね」と礼を言われた。

義母は、手の込んだ弁当を作り、それを担任や親に弁当を作ってもらえない子供たちに披露《ひろう》することにも成功したのだ。

運動会が終わって家に帰ると、弟が庭で元気そうに竹とんぼを飛ばして遊んでいた。

「熱は？　お弁当がお昼に間に合わなかったんだよ」

声がとがっているのが自分でもわかった。

弟は怯《おび》えたような目で私を見て、逃げるように家の中に入っていった。

私は、お重を包んだ風呂敷を提げて台所に入った。

義母に、どうしてお昼に間に合うようにきてくれなかったのかと思い切って訊《き》くつもりだった。けれど、台所で洗いものをしている義母の姿を見ると、喉がつまったようになってうまく言葉が出なかった。

突然、敷地内に「離れ」ができたのは、翌年の春のことだった。

義母は、離れにたびたび出入りするようになり、同時に、裏木戸あたりで、弟より少し背が高い男の子を見かけるようになった。

離れに義母の秘密があるのはわかっていたが、近づかないようにと父に言われていたし、目に見えない結界があるような気がして側にいくことができなかった。

離れは唯一、義母がくつろげる場所なのかもしれないとも思っていた。義母は、父と話すときも敬語を使っていたし、いつ見ても背筋が伸びてきちんとしていたので、気が抜けるときがないだろうと子供心に思っていたのだ。


初めて離れの中を覗《のぞ》いたのは、離れができて三カ月ほど経《た》った頃だった。

その日、弟は義母の姿を探して、私が入ることができなかった結界を軽々と越えて離れに近づいていった。

私は、すんでのところで弟を捕まえて抱き上げた。

窓から部屋の中が見えたのは、カーテンが開いていたからだ。

義母は、満面の笑みを浮かべて、テーブルをはさんで座っている男の子を見ていた。

テーブルには料理が載っていたが、自分たちが食べている食事と違って、品数の少ない質素な食卓ということは遠目にもわかった。

義母と向き合っている男の子は、義母そっくりだった。

その様子を見て、弟が固まったようになっていた。

視線に気づいたのか、こちらを向いた義母は、静かにカーテンを閉めた。

私はぼうっとしている弟を抱いたまま母屋《おもや》に戻ったが、弟はそれ以来、二度と離れに近づこうとはしなかった。慕《した》っている義母が、自分以外の男の子に自然な笑顔を向けているのを見て、よほどショックだったのだと思う。

弟は字の覚えが早く、小学校に上がる前から本をよく読んでいたが、外でも活発に遊ぶ子だった。それなのに、離れが見える庭では遊ばなくなり、部屋に籠《こ》もって本ばかり読むようになっていた。

弟とは逆に、一度結界が破られてからは、私はひとりで離れを覗きにいくことができるようになっていた。義母が買い物にいっている間に、鍵のかかっていない離れにこっそり入って中を見て回ることができたのだ。

建物自体は母屋と同じような丈夫な造りだったが、家具は、母屋のような重厚なものではなく、簡素なテーブルと木の丸椅子が二脚あるだけだった。

板張りの台所の隅には小さな冷蔵庫が置いてあり、タイルが張られた流しには二口のガスコンロが設置されていた。その上にはいつも小鍋が置かれていたので、蓋を開けて中を見るのが私のひそかな楽しみになっていた。

小鍋の中には、味噌汁や魚の煮つけ、野菜の煮物などが入っていた。煮物の人参は花形に切られていなかったし、蓮根《れんこん》も大雑把《おおざっぱ》なカットだった。野菜はたくさんあるのに、鶏肉の量は少なくて、義母が作るいつもの美しい煮物とは違って見えた。母屋で作る料理のほうに手間をかけているのはわかったが、母屋にはない温かい雰囲気を感じた。きっと義母が笑っているのを見たせいだろう。

台所に続いて、すりガラスの引き戸で仕切られた狭い畳の部屋があり、隅に布団がたたんであった。テレビや本棚、文机《ふづくえ》はなく、たくさんの本が畳に積み重ねられていた。

五年生になっていた私は、義母に何か事情があって、自分が産んだ子供と別れ、父と再婚しなければならなかったのだろうと理解していた。その後、また何か事情があって、男の子は離れに住むようになった。私より小さく、弟より大きく見えたから、小学二、三年生だと思ったが、学校では見かけたことがなかった。少し離れたところにある国立の小学校に通っているのかもしれない。頭のいい子だけしかいけない小学校だ。

その日も私は、義母が買い物にいくのを待って離れに向かい、台所に入った。

いつものように小鍋の蓋を持ち上げると、大根のそぼろ煮が入っていた。くたくたに煮込んで大根葉も入っている。ひき肉と混ざり合って見た目は美しくない。

でも、匂いを嗅ぐと、たまらなく美味しそうだった。

我慢ができなくなって、蓋を持ったまま、水切りかごに入っていたスプーンで、少しだけすくって口に入れた。

母屋で食べるそぼろ煮と違う！

口の中で大根がとろけて、うまみたっぷりの出汁《だし》の味が広がった。そぼろの弾力も美味しい。

母屋で食べるそぼろ煮は、大根が面取りされており、形がきれいなまま器に盛られ、そこにそぼろ餡《あん》がかけられていた。柚子《ゆず》の皮を千切《せんぎ》りにしたものも添えられ、とても美しかった。でも、くたくたに煮含められた大根のほうが私は好きだった。

もう一度小鍋に顔を近づけていると、ガチャリと音がしてドアが開いた。

肩がピクンと動き、慌《あわ》てて小鍋の蓋をした。

開いたドアの前には、男の子が立っていた。

私はなぜ、男の子が家にいることや、学校から帰ってくる可能性があることを考えなかったのだろうか。遠くの小学校に通っていると思っていたので、義母が買い物にいっているときに男の子が戻ることはないと思っていたのだ。

驚いているのは男の子も同じはずなのに、ぼうっと立っているだけだった。

顔が赤い。見ただけで熱があるのがわかった。

「早引けして……」

男の子はそう言って下を向いた。

「熱があるのね。お布団敷くから早く入って」

私は、台所と続きの和室に布団を敷いた。離れに黙って入ったことを取り繕《つくろ》っているときではない。

男の子は、ランドセルをおろすと倒れ込むように敷布団に横たわった。息が荒い。

男の子に掛け布団を掛けてから、急いで母屋に戻って水枕と吸飲《すいの》みを持ってきた。義母が取り出しやすい場所に置いていたのだ。

ゴムでできた水枕に水を入れ、口を専用の留め具でパチンと留めた。それを枕の上に置き、男の子に頭を載せるように言った。

吸飲みに水を入れて口元に持っていくと、男の子は少しだけ頭を持ち上げて素直に飲んだ。

私たちが熱を出したとき、義母は何をしてくれただろうか。

汗をタオルで拭いていた。濡《ぬ》れたタオルを絞って額の上に載せたかもしれない。

目を閉じている男の子の睫《まつ》毛《げ》は長かった。

汗を拭くことはできなかったけれど、水で濡らしたタオルを絞って、男の子の額に載せた。

頭の下は水枕で、上は濡れタオルで冷やしているので、少しは熱が下がるかもしれない。義母は、何も知らずに買い物をしているはずだ。いつも義母は、前日の残り物で離れの夕食を作り、それから母屋の夕食の支度のために、買い物かごを提げて市場にいっているようだった。走っていけば義母と会えるだろう。

「おかあさんを呼んでくるから待っててね」

私は市場に向かって走りながら、離れに入ったことがばれないように、義母にどんなふうに言おうかと考えていた。あの子が母屋におかあさんを探しにきたことにしようか。いや、あの子は、きっとそんなことはしない。私が離れにいなければ、自分で布団を敷いて寝ていただろう。

考えている間もなく、義母は八百屋の前で私を見つけて首を傾《かし》げた。

「熱を出して……」

これでは、弟のことだと思われる。

「離れで寝てます。水枕は出したから」

離れという言葉を初めて義母に言った。

「ナオトが？」

義母が目を見開いた。あの男の子は、ナオトという名前なのか。

私はコクンと頷いた。

「ありがとう。もういいから帰りなさい。私はお薬をもらって戻るから」

義母がそのまま薬局にいこうとしたので、私は両手を出した。

「買い物かご」

中には蓮根などの重そうな根野菜も入っている。

いきつけの薬局は、市場から歩いて十分ほどの距離にある。

義母は一瞬考えたあとで、私にかごを渡して、財布だけ持って駆け出した。

ありがとうと義母に言ってもらった。かごを託してもらった。それだけで胸が熱くなっている。離れに黙って入ったことを叱《しか》られても、もうかまわない。たくさん食材のつまったかごさえ軽く感じられた。

私は家に戻ると、母屋ではなく、まっすぐ離れに向かった。

ナオトは苦しそうな息をしているが、顔の赤みは少し引いていた。

「おかあさんが薬をもらって帰るからね」

私はナオトの額のタオルを替えて、もう一度水を飲ませた。

「ナオト君、私は尚子《なおこ》よ」

なお、が一緒ね、と続けた。

「知ってる。尚子ちゃんと亮太《りようた》君……」

ナオトは目を瞑《つむ》ったまま小さな声で返事をした。

義母は、私たち姉弟《きょうだい》のことを話題にすることがあったのだと、意外な思いでナオトの顔を見た。

「ナオトはどんな字？」

荒かった呼吸が落ち着いてきたので、ひとつだけ質問した。

「直《なお》す人」

今度は薄目を開けて言った。

「そうなんだ。はやくなおしてね。おかあさん、すぐに帰るからね」

私は、味見に使ったスプーンを洗って水切りかごに戻してから、母屋に戻った。

ドキドキしながら義母が母屋に戻ってくるのを待っていたが、義母は、いつもより少し遅くなったものの、淡々と夕食の支度を始めた。

私と目が合っても表情を変えず、直人の話は一切しなかった。

義母と気持ちが通じ合ったと思った一瞬の高揚と引き換えに、離れを覗く私のひそかな楽しみは終わってしまった。その日以来、義母は離れに鍵をかけるようになってしまったのだ。

弟から電話がかかってきたのは、子供の頃のことをぼんやり思い出しているときだった。実家の建て替えを考えているという相談だったが、実家は長年、弟が守ってきて、墓の面倒も見てきたのだ。私が口出しすることは何もない。

「私は相続の遺留分の放棄をしているんだし、亮太の好きなようにしていいから」

実家だけではない。弟が、倒産しかけた父の会社を継いで、従業員の給与と退職金を払い、借金が残らない状態にしてから会社をたたんでくれたのだ。その仕事ぶりを見た取引先の会社の社長から声をかけられ、それ以来、弟はずっとその会社で働いている。

父は、会社の終わりを見届けるようにして、六十二歳で亡くなった。肝臓がんだった。

義母はその父を見送った翌年、五十一歳という若さで亡くなっている。

「じゃあ、母屋も離れも解体することになると思う。離れは今の建築基準法では違法らしいんだ。解体前に一度、見にきてほしい」

弟は、実家から学校にも職場にも通い、結婚してからも実家に住み続けている。私は希望の大学に進むために、十八歳で家を出ている。

小学校を卒業するまで離れに住んでいた直人は、国立の小学校を卒業して、中学校からずっと、寄宿舎のある学校に通い、家に戻ってくることはなかった。

誰も住まなくなった離れも、ずっと弟が管理してくれていたのだ。

「亮太に任せてばかりで悪かったね……」

避けていた話を語り合えたのは、母屋と離れを解体すると決めたせいかもしれない。

解体したあとは、アパートを建てて、その一室に夫婦で住みながらアパートの管理をするという。

「墓参りにいって、解体することを父さんと母さんに報告するよ」

弟にとっての「母さん」は義母のことだ。

私は、亡くなった実母の思い出があるし、病室に見舞いにいって実母に会えることが楽しみだったが、亮太は、実母が亡くなったとき、まだ三歳だった。

私は、幼い弟にもう少し心を寄せるべきだったのだと思う。母親のように抱きしめることはできなくても、せめて手を握ってあげればよかった。

亮太が頻繁に蕁麻疹《じんましん》を起こすようになったのは、私が中学生になってからだった。

原因不明の蕁麻疹は、ストレスからだろうと言われて、義母は、亮太の蕁麻疹をなんとか治そうと必死になっていた。医者から、子供にストレスをかけているような言われ方をして、母親としてのプライドが許せなかったのだろう。

首から下のあちこちに赤いふくらみができ、ぐったりしている弟に、義母は、医者から処方された軟膏《なんこう》を丁寧《ていねい》に塗っていた。お腹《なか》にも背中にも、首筋にも、顔以外のやわらかい皮膚に蚊にさされたあとのようなふくらみができているのだが、その薬を塗ると、すうっと消えるのだ。青い蓋の容器に入ったそれを、私はひそかに魔法の薬と呼んでいた。

義母より先に弟の蕁麻疹を見つけたとき、私は、義母の代わりにその軟膏を塗ったが、盛り上がった皮膚はますますひどくなり、赤味を増してしまった。しかし、義母が同じ薬を優しく擦りこむと、腫《は》れは瞬《またた》く間に消えるのだ。何度もその様子を見て、弟の蕁麻疹は、義母に優しく塗ってほしくて出るのではないかと思うようになった。身のまわりのことを自分でできるようになってから、義母が弟を触るのは、軟膏を塗るときだけになっていた。弟は母親の愛情を求めていたのだと思う。

「母さんの料理、美味しかったよね」

少しの沈黙のあと、弟がぽつりと言った。

「美味しいだけじゃなくて、きれいだった。運動会のお弁当もすごかったね」

お昼の時間に間に合わなかった小学四年生の時のお弁当は、今でも写真を見るかのようにはっきりと思い出すことができる。

「私、運動会のお弁当を教室でひとりぼっちで食べたことがあったのよ。小学四年生のときだけど、亮太はまだ五歳だったから覚えてないよね」

「覚えてるよ。俺が熱を出したせいでお弁当が間に合わなかったんだよね。それまで姉さんに怒られたことなんてなかったから、記憶に残ってる」

「あのとき、本当に熱が出ていたのね……」

亮太が元気そうに遊んでいるのを見て、義母は私と一緒に運動場でお弁当を食べるのが嫌だったのではないかと考えて、その思いをずっと引きずっていたのだ。

電話を切ってからも、あの日のことを思い出しながら、しばらくスマホの画面を眺めていた。

弟と電話で長く話した翌日、友人の季久美に誘われて、新しくできたレストランにいくことになった。

季久美は、以前、私が開催していたキッチンスタジオにも通っており、今でも、教室を再開してほしいと言ってくれる。今回は、アメリカ西海岸発祥のブッダボウル専門店ができたという情報を知らせてくれた。ブッダボウルはいわゆる菜食丼で、山盛りの具が仏陀《ぶっだ》のふっくらしたおなかに似ていることからその名がつけられたらしい。

季久美は、娘の仕事が休みの日曜日だけは孫たちの子守《こも》りから解放されて、外に出かけられるという。

「三人の孫たちの大学卒業までの学費はどれくらい必要かしらね。くらくらしちゃう。人生設計のリスクの中に、離婚した娘が幼い孫たちを連れて無一文で戻ってくる、というのを入れてほしかったわ。しかも一歳、二歳、三歳の年子なのよ」

娘の元夫は、ギャンブルで多額の借金があるので慰謝料も養育費も払えないらしい。そんなことまであけすけに話してくれていた。

「娘家族のために離れをつくろうとするところまで一緒だなんてね」

季久美は苦笑しながら、向かいに座っている私のほうに向けてメニューを広げた。

「離れはいろいろ制約があるみたいだから、うちはすぐに諦めたけどね」

私は、カラフルなメニューを一緒に見られる角度に動かした。

メニューの写真を見ると、もち麦と玄米がベースで、アボカドとグリル野菜、ナッツ、半熟卵がトッピングされているようだ。ソースを選べるようになっていたので、季久美はオーロラソースを、私は和風ソースを選んだ。

「孫たちはかわいいのよ。間違いなくね。娘も頑張って仕事をしているから、応援したいと思ってる。でもね、最近、気付くと涙がこぼれていることがよくあるの」

季久美は運ばれてきたブッダボウルをフォークでつつきながら言った。

「なにかあった？」

そういえば季久美は少し痩《や》せたかもしれない。目の下のクマも目立っている。

「特別これ、ということがあったわけじゃないんだけど、寝不足が続いているし、疲れが取れないし、なんだかね、自分が削られているような気がするのよ。走り回る孫たちを追いかけて、ご飯を食べさせて、紙オムツを替えて、家事をして、寝るときも、ばあばと寝るって上のふたりの孫が言うから、とにかくずっとあの子たちと一緒にいるの。孫たちは、本当にかわいいのよ」

季久美は同じ言葉を繰り返し、「娘が、私のこと、孫うつじゃないかって言うの」と力なく笑った。

まさか、と言いそうになってその言葉を飲み込んだ。

明るくポジティブな季久美に当てはまらないと思ったが、明るく見える人は、周りに心配をかけないように無理をしている場合があると聞いたことがある。

「娘さん、心配してくれてるのね」

「最近、落ち込んで、涙が出ることがあると告白したからでしょうね。今日は、とことん息抜きしてきてって送り出してくれたし、子供たちを保育園に入れることも考えているみたいだから、家族で話し合うつもり。心身共にもう少し丈夫だと思っていたんだけど」

季久美は、指先でこめかみを押さえながら言った。

「保育園に入れるのも選択肢のひとつよね」

孫育てについての話をじっくり聞いたあとで、離れをつくりたいと夫が言い出して以来、気持ちが粟立《あわだ》っていることを告白した。

「だったら、離れはつくるべきじゃないかな」

季久美がテーブルに身を乗り出した。

「どうして？　それに離れは簡単にはつくれないんでしょう？　建ぺい率の問題とか」

私は、季久美が近寄ってきた分、体をうしろに引いた。

「敷地の広さ的には問題ないのよ。私は、あれこれ欲を出したから無理だったけどね。庭に料理教室をつくったら、移動に時間を取られないし、沙希さんの手助けもできると思う。家の敷地の中でなら、無理しないで続けられるんじゃない？」

季久美の表情が生き生きしてきた。

「これから先、また自分の教室を持つのは……。もう六十七歳なのよ」

季久美の勢いに押されて、声が小さくなってしまう。

キッチンスタジオを借りて大勢の生徒たちに料理を教えていたのは、十年以上前の話だ。

「まだ六十七歳よ。小学生の頃から、お義母《かあ》さんの料理をずっと見てきて、それで料理を作る道を選んだのでしょう？　私ね、尚ちゃんがキッチンスタジオをやめたあと、違う料理教室に通ったんだけど、なんだかピンとこなくてね。尚ちゃんの料理は特別というか、お袋の味ともちょっと違うし、とにかく美味しくて、教え方もうまかったしね。沙希さんの手伝いのためにスタジオをやめてしまったとき、とても残念だったもの。初めての料理に出会うと、尚ちゃんだったらどんなふうに作るだろうって考えるようになったのよ」

季久美は思いがけないことを次々と口にした。

管理栄養士の資格を取って、料理教室の講師として働き始めたとき、義母はどんな反応だっただろう。

喜んでいる感じはなかったが、いやがってもいなかった。

私は背が低くて手も小さく、美しい義母の血を受け継いでいるわけではないけれど、料理のセンスだけは義母と同じようにあったのかもしれない。

義母がもう少し長く生きていてくれたら、義母と一緒に料理を作ることができたのだろうか。

「離れの料理教室のこと、考えてみてね。私、生徒の第一号になるから。息抜きの場所が増えると嬉《うれ》しいな」

季久美の表情がますます明るくなっている。

食事を終え、また会う約束をして家路についたが、思いがけない季久美の提案で、頭の中がいっぱいになっていた。

季久美の言葉を反芻《はんすう》しながら家に戻ると、玄関にいたふたりの孫たちが、「ばあば」と言って抱きついてきた。

夫が少し寂しそうに、その様子を見ている。

「そろそろ夕飯の支度をしないといけないから帰るわね。お父さんが遊んでくれたから助かったわ。お父さん、またお願いね」

沙希は、子供たちをチャイルドシートに座らせてから、自分も車に乗り込んで帰っていった。

「お疲れさまでした。子供たちの相手は大変だったでしょう？　すぐに夕飯の支度をするから」

一緒に見送っていた夫に言って、家の中に入った。今日食べたブッダボウルだったら手軽にできる。買っていたアボカドが完熟していい具合になっているし、昨日煮たひよこ豆もトッピングとして使える。

「じいじが相手だと子供たちが緊張しておとなしいと沙希が言ってたが、あれでおとなしいんだったら、普段は大変だな。季久美さんは元気だった？」

夫が、孫たちが遊んだプラレールを片付けている。孫のためにと言って夫が買ってきたものだが、リビングの床にセットしている夫を見ていると、自分が遊びたかったのではないかと思うほど楽しそうだった。

「ちょっと疲れているみたいだった。お孫さん三人の世話をしているんだもの、当然よね。お孫さんたちを保育園に入れることも検討しているみたい」

季久美に聞いたことをそのまま話した。

「三人の年子をひとりで見るのは大変だと思うよ。沙希が一緒にいても、二人の相手をするのは疲れたからね。保育園に預けられるんだったら、それがいいと思う」

夫は最後のレールを名残り惜しそうに箱にしまった。

「それとね、季久美さんに聞いたんだけど、離れは、うちの敷地の広さがあれば建てることができるみたいなの」

和風ソースを作りながら言った。

今日食べた、わさびベースの和風ソースを真似《まね》たが、近い味になったと思う。食べたもの味を再現することはかなりできる気がする。義母の味をそうやって真似てきた。

「離れはもういいよ」

夫はプラレールの箱を収納庫の棚にしまった。

夫が孫たちのために次々とおもちゃを買ってくるので、たっぷり入るつくりつけの収納庫はほとんど一杯になってしまった。

「離れは沙希たちのためにつくるんじゃないのよ。季久美さんがね、アイランドキッチンにリフォームするより、料理教室用に離れをつくったほうがいいんじゃないかって提案してくれたの。それもいいかなと思って……」

ブッダボウルと和風ソースをテーブルの上に運んだ。

「それから、亮太から電話があってね、実家を建て替えて、離れも解体することにしたから、その前に見てほしいそうなの。離れをつくる参考にしたいし、一緒にいってくれる？」

夫は、テーブルに着くと、私の顔を不思議そうに見た。

それでも、食事を終えたあとで、「いくよ」と言ってくれた。

夫とふたりで実家を訪ねた日、弟はにこやかに夫とも話をして、離れの鍵を開けると、私と夫をふたりだけにしてくれた。母屋と離れを解体することに決めて、何かふっきれたようだった。全部処分することになるから、使えるものがあったら何でも持って帰ってほしいという。

結婚してから離れに入るのは初めてだ。

五十年以上経っているのに、埃《ほこり》っぽさもなく、中はきれいな状態だった。弟がいつも掃除をして、空気の入れ替えをしてくれていたのだろう。

和室も台所も、昔のままの状態だったが、流しの上の棚に置いてあったアルミの鍋やボウル、調味料入れなどはすべてなくなっていた。

棚だけが残されてみると、その奥にある引き戸のガラス窓が目立った。

夫は離れの中を見回してから、手を伸ばして台所のガラス窓を開けた。

初夏のさわやかな風が入ってきて心地よい。

窓から広い裏庭と母屋の縁側が見えた。私はその縁側に座って本を読むのが好きだった。

離れの台所の流し台は、背の低い私にぴったりの高さで、狭さもしっくりと体に馴染《なじ》んでいる。

教室を開くにしても、生徒は少人数にしよう。キッチンスタジオを借りて、五十人以上に教えていたときは、肩に力が入っていた。

庭につくる料理教室では、自分も一緒に料理を楽しみたい。

昭和の古い台所には、昔ながらの良さがあるような気がして、開き戸や引き出しを開けて中を見てみた。

木製の「おひつ」があった。炊きたてのご飯を入れておくものだが、余分な水分を吸い取ってくれるので、ご飯がべたつかず、美味しく感じられる。

木の桶の「飯台《はんだい》」は、義母がちらし寿司を作るときに使っていた。熱いご飯を入れて、合わせ酢を回しかけ、うちわであおぎながら、切るようにご飯を混ぜていた。

手伝いたかったのに、私は、台所の隅でその様子を見ているだけだった。

おひつと飯台は料理教室で使いたい。

背の高い夫は、天井に近い棚を開けて覗いている。

「棚の底の引き出しに入ってたよ」

夫が、色褪《いろあ》せた大学ノートを差し出した。

「え？　これ……」

――尚子へ――

ノートの表紙にはそう書かれていた。義母の字だ。

「尚子さん」ではなく、実の娘を呼ぶように、「尚子へ」だ。

義母は私を呼ぶとき、「あなた」か「尚子さん」だった。

ノートを開くと、きれいな義母の文字が並んでいた。

イラストまで添えられたレシピ集だった。

義母の信田《しのだ》巻き寿司は、巻きすの上に油揚げの甘辛煮を広げて作るのだが、すし飯をどの位置に置くかまで、丁寧に描かれていた。

隣のページには、いなり寿司用のお揚げに鶏ひき肉や野菜を入れて、それごとコトコト煮込む簡単な信田巻きの作り方が書かれていた。

次のページの大根のそぼろ煮のイラストを見たとき、涙が頬を伝った。

面取りされた美しい大根のそぼろ煮と、私がこっそり味見した、くたくたに煮込んだそぼろ煮が並んで丁寧に描かれている。

どのページも、よそゆきの料理と、家族が一緒に楽しむ素朴な料理が並んで描かれていた。

「直接渡してほしかった……。もしかして、おかあさんは、私が料理の道に進んだことがいやだったのかな」

料理家としての仕事を始めたとき、このレシピノートがあったらどれほど心強かっただろう。

「料理のプロになった尚子に、押しつけがましくて渡せなかったんじゃないかな」

夫は、開いている窓に顔を向けて目を細めた。

そうだ。義母はそういう人だった。

両親に厳しく躾《しつ》けられ、息苦しさを感じながら暮らしていたらしいと、父が晩年に話してくれた。

そんな義母が、既婚者と恋に落ちて直人を出産した。義母の両親はそのことが許せず、直人を自分たちの養子として籍に入れ、直人が小学校に上がると、知人のつてを頼って、娘をひとまわり年上の父の元に嫁《とつ》がせた。

直人が実家でつらい思いをして学校にいっていることを聞いた父は、直人も母屋で一緒に暮らせばいいと言ったが、義母は、年頃の子供たちもいることだし、そこまで甘えることはできないと断ったらしい。それなら離れを建てるから、そこで暮らせばいいと父が提案したそうだ。

義母は、母屋に遠慮して、いつも残り物で離れの料理を作っていた。手の込んだ料理を母屋で作り、離れでは、気取らない普段着の料理を作っていたのだ。

「丸椅子の上に立って、この窓をほんの少しだけ開けてね、母さんが洗濯物を取り込んでいるところや、尚子が縁側で本を読んでいるところを見ていたんだよ」

夫が振り返って私を見た。今の私を通して、小学生の頃の私を見ているような眼差《まなざ》しだった。私の目にも、睫毛の長い夫の顔が、小学生の頃の直人に重なって見えた。

離れで暮らしていた直人は、すぐそこに母親がいるのに、駆け寄ることもできず、声もかけられず、ただその姿を見ているだけだったのだ。

義母は、離れで寝泊まりすることもたまにはあったが、ほとんどは、夜遅くに母屋に戻ってきていたようだった。

直人は、暗くて長い夜をひとりで過ごして、どれほど心細かっただろう。私より、ずっと寂しい思いをしてきたのだと思う。それでも離れは、母親と一緒にいられた大切な場所だったに違いない。だから、離れをつくりたかったのではないだろうか。

直人とは、私が二十九歳のときに、義母の葬儀で再会した。たびたび会うようになったのは、お互いに知らなかった母親の側面を、パズルのピースをはめるように埋めていったからだ。足りないものを補い合いながら、この人と離れたくないと思うようになっていった。

「おかあさんに長生きしてほしかった。教えてほしいことがたくさんあったのに」

私はレシピノートを抱きしめた。

義母が離れの台所に立っている姿を見たことがないのに、そこに義母がいるような気がした。

夫は、義母に似た眼差しで静かに微笑《ほほえ》んでいた。

近藤史恵

姉のジャム

近藤史恵

こんどう・ふみえ

大阪府生まれ。1993年『凍える島』で第4回鮎川哲也賞を受賞してデビュー。2008年『サクリファイス』で第10回大藪春彦賞を受賞。

主な著書に『みかんとひよどり』『シャルロットの憂鬱』『間の悪いスフレ』『インフルエンス』『歌舞伎座の怪紳士』『それでも旅に出るカフェ』『山の上の家事学校』などがある。

姉が死んだ。

電話で知らせてきたのは、姉の夫の徳山《とくやま》だった。下の名前は忘れてしまった。確か漢字一文字、仮名で三文字の名前だった。さとし、たかし、ひろし。どうでもいい。

「徳山ですが」

数えるほどしか電話で話したことはないが、彼はいつもそう名乗った。あなたの妻、わたしの姉ももう徳山なのに。いつもそう思ったが、特に問い詰めはしなかった。

電話がかかってきたのは午前六時で、嫌な予感を覚えるのには充分だった。

「梅乃《うめの》さんが亡くなりました」

息を呑《の》んだ。八つ年上だといっても、まだ三十九歳だ。理由もなく死ぬような年齢ではない。

「いったいなにが……」

彼が電話の向こうで口ごもった。胃のあたりがむかむかした。

「自分で……その……」

悲しくないわけではないのに、腹立たしさがこみ上げてくる。なぜ、よりによって自殺なんか。

あなたを好きになれなかったのは、そういう人だったからだ。まわりの人に罪悪感を与えることをなんとも思わない人。むしろ、罪悪感を与えることが生きがいみたいな人だった。

わかっている。これはただの八つ当たりだ。

わたし自身が、自責の念で押し潰されそうになるかわりに、姉に腹を立てているのだ。

「木曜日が通夜で、その翌日が告別式です。身内だけでするつもりですが、いらっしゃいますか？」

まるでわたしが身内じゃないみたい。

行きたくなかった。行かないです、と、言えたらどんなにいいだろう。だが、わたしにも最低限の常識みたいなものは残っている。

職場は忙しいが、さすがに実の姉の死で忌引《きび》きを取ることに、とやかく言う人はいないだろう。

わたしは徳山が伝える葬儀場の場所を、コースターの裏にメモした。

文字は何度もかすれて、わたしはペンを、コースターに強くめり込ませた。

最後に姉と会ったのは半年前だった。そこから一度も自分から連絡をしなかった。その前だってコロナ禍を言い訳に、姉の「会いたい」というメッセージをのらりくらりとやりすごしていた。

「いちごジャムを煮たから届けたいんだけど」

「ひとりだから、そんなに食べないよ。この前もらった柚子《ゆず》のマーマレードだってまだ残っている」

「朝はパンじゃなくてごはんなの？」

本当は、朝は食べない。甘いコーヒー飲料で、空腹感だけ満たして仕事に行く。そんなことを言うと、また叱られてしまう。だから、適当に答えた。

「そう。だからジャムは要《い》らない」

「紅茶に入れたり、ヨーグルトに入れてもおいしいよ。ほら、美桜《みお》、昔から便秘気味だったでしょ。ヨーグルト食べるといいよ」

いつでも切り上げられるから、メッセージの方が楽だとずっと思っていた。でも、今気づいた。わたしが、心配する姉のメッセージを途中から無視したり、適当にあしらったことも、そのまま文字で残っている。

おせっかい。ほうっておいて。本音《ほんね》は口に出さなくても、そう思ったことは、姉にも伝わっただろう。

「間食する時間なんてないよ。仕事中にはそんなの食べられないし、帰って夕食を食べたら、もう遅いし」

「だったら、朝のデザートとか？」

朝から、姉のジャムを見て、姉のことを思い出して、それから仕事に行くのか。そんなのまっぴらごめんだ。姉のことは普段は頭から追い出していたい。

完全に関係を断ってしまいたいわけではないけど、できる限り会う回数は少なくしたい。理想を言うなら一年に一回。八十歳前後まで生きるとして、残り四十年で、四十回。それでも充分多いと思っていた。

だが、不幸になってほしいわけではなかった。できるだけ、わたしから遠くで幸せに生きてほしかったのだ。

会いたくないし、なるべく遠ざかっていたい。会う回数も最低限にしたい。

それでも愛していたというのは、あまりにも自分勝手な言いぐさだろうか。

姉はわたしより八つ年上だった。

それを言うと、だいたい「可愛がられたでしょう」と言われ、わたしは「そうだね」と答える。実際可愛がられたし、愛されていた実感はある。

だが、わたしが物心ついた頃には、彼女はすでになんでもできる人だった。姉よりもできることなどなにもなかったし、口喧嘩《くちげんか》をしてもやり込められた。まるで大人みたいだった。

わたしが小学校に上がったときは、彼女はすでに中学生だったし、わたしが小学校を卒業する頃には、姉はもう高校を卒業して働きはじめていた。

姉妹ではあるが、母ほどべったり甘えることもできず、なにもかも劣等感が刺激される人だった。

一度、友達に言ったことがある。

「同じ家の中に、対等なはずなのに、全然敵《かな》わない人がずっといる感じってわかる？」

彼女はわからなくもないと言った。

彼女にもふたつ違いの姉がいたが、美人で成績がよかったという話だった。それでも、ふたつくらいなら、自分の方が得意なことはあっただろう。わたしはなにひとつ姉に敵わないという気持ちだけを抱えて生きている。

それとも、わたしだけが、劣等感を覚えすぎているのか。

もしかすると、我が家が貧困家庭ではなく、余裕のある家庭だったら、こんなふうに思わなかったのかもしれない。

母はシングルマザーだった。父がどういう人だったのか、どうして今はわたしたちのそばにいないのか、教えてもらったことはなかった。

小さい頃は、「お父さんは遠くに働きに行っているの」と母に言われ、友達にもそう話していた。

それでも、少しずつ成長していく過程で、その不自然さに気づく。

そう言ったときの、まわりの大人たちの哀れみの視線、薄ら笑いは、自分の言っていることが間違っていると理解するのに充分だったし、なによりも働きに行っているだけなら、何年もまったく帰ってこないなんてありえない。

姉に聞いたこともある。

「お姉ちゃんは、お父さんのこと覚えている？」

姉は優しく笑った。

「もう長いこと会ってないから忘れちゃった」

それでも、わたしが生まれる一年前までは、家にいたはずだ。だとすれば、姉は何年かは父と暮らしていて、父のことをよく知っている。

姉は嘘をついているのだと当時のわたしは思った。そのことにも腹が立った。

今になってみれば、わたしと姉の父が同じ人だったかどうかもわからない。戸籍謄本《とうほん》を取り寄せてみると、母とわたしたち姉妹の名前しかなかった。母は一度も結婚していなかった。

わたしが覚えている姉は、いつも台所に立っていた。

小学校が終わって、学童保育に行き、帰ってくると、姉は先に学校から帰ってきていて、晩ご飯の支度をしているのだ。

当時はわからなかったけれど、わたしより早く帰ってきているということは、たぶん部活もなにもしていなかったのだろう。

母が帰ってくるのは、いつも深夜だったから、姉とふたりで夕食を食べた。ごはんと味噌汁、肉やソーセージとなにか野菜を炒めたもの。翌朝は、味噌汁の残りと、目玉焼きか納豆。それがいつものメニューだった。特においしいとも思わない。食べるしかないから食べる。そんな食事だった。

わたしが朝出かけるときには、母はまだ寝ていて、帰ったときにはいなかった。

夜はスナックで働き、昼もスーパーマーケットで働いているということは知っていたが、わたしにとって母は、ほとんど家にいない人だった。

そして、わたしが高校二年生の夏、ふいっと姿を消してしまった。

母がわたしたち姉妹のことを愛していなかったとは思っていない。

母の膝《ひざ》に抱かれた記憶は残っているし、わたしの知っている母はいつも優しく笑っていた。わたしたちのために、頑張って、頑張って、そしてぷつんと糸が切れてしまったのだろう。

その頃には、夕食はわたしが作っていた。姉は近くの中小企業で働いていて、残業が多かった。いつも、夜の十時くらいに帰ってきて、そこから夕食を食べるのだ。

いつも同じ、肉と野菜の炒め物と味噌汁。姉の料理の単調さにうんざりしていたのだけれど、自分で作るようになってからわかった。

魚は高いし、煮物は時間がかかる。もやしやピーマン、にんじんなどの値段の高くない野菜と、豚こまや特売のソーセージなどを炒めるのがいちばん安価で、時間もかからない。疲れていても、台所に立って、十分くらいで作ることができる。いちいちメニューを考えなくてもいい。

母が出て行ってしまって、一ヶ月ほど経《た》った休みの日だった。

姉は、わたしの前に座って言った。

「美桜は大学に行きなさい」

「いいよ。そんな。わたしも高校を出たら働くよ」

姉は、わたしに預金通帳を差し出した。姉の名義だった。

「お母さんが、貯めておいてくれた。美桜の進学資金」

二百万円には届かないくらいの残高。外食もほとんどしたことがないし、遊園地に行ったこともない。母もいつも同じ服を着ていたし、わたしたちも滅多《めった》に新しい服なんて買ってもらえなかった。母が爪に火を点《とも》すようにして貯めたのだということは、わたしにも理解ができた。そして、姿を消すときに、それを持って行かなかったのだということの意味も。

今のわたしたちにとっては大金だが、もし、私立の大学に行くなら、これではまるで足りないだろう。かといって国立に行けるほどわたしは成績がよくない。

口を開こうとしたわたしに、姉はぴしゃりと言った。

「足りない分は、お姉ちゃんが出すし、お祖母《ばあ》ちゃんも助けてくれるって言ってるから、大学に行って」

新潟に住む祖母とは交流があり、わたしたちのことを常に気にかけてくれていた。

「でも、わたし、そんなに勉強好きじゃないよ。成績だってよくないし」

「じゃあ、頑張って勉強して。まだ高二だから間に合うでしょう」

姉の口調はいつも柔らかかった。だから、こんなに有無《うむ》を言わせない様子で話す姉ははじめて見た。

「でも……」

姉は語気を強めて言った。

「もし、美桜が進学しなかったら、なんのためにわたしが進学を諦《あきら》めたのか、わからないじゃない」

姉が勉強が得意だったことは、わたしもうっすらと気づいていた。

中学も高校も姉と同じ学校だったし、教師の中には、姉のことを覚えている人も多かった。

テストで壊滅的な点を取ったとき、教師から「おまえの姉ちゃんは、いつもいい成績だったぞ」と言われた。そんなことは、わたしに関係ないとずっと思っていた。

関係なくはなかったのだと、わたしはこのときはじめて知った。

思わず言ってしまった。

「お姉ちゃんが大学行けば？　わたしは卒業したらすぐに働くから、お姉ちゃんが仕事辞めて、このお金使って大学行けばいいじゃない」

姉の顔が泣きそうに歪《ゆが》んだ。

「そんなことできるわけないじゃない！」

今思えば、姉の気持ちもわかる。自分は進学しないと諦めたから、必死で勉強したわけではない。数年間のブランクもある。今から勉強を再開しても、遅れを取り戻すのに時間がかかる。

あのとき、諦めた時間は戻ってこない。

だが、わたしにだって言い分はある。そんなことを頼んだ覚えはない。もし、姉が進学を諦める前に相談してくれれば、「わたしは大学になんか行きたくない」と答えることができたのに、母も姉もなにもわたしに聞いてくれなかった。

この日から、わたしはずっと姉のことが少し嫌いだった。頼んでもいないことを押しつけられ、罪悪感を背負わされる。そんな相手を心から好きになることなんてできない。

よく、こんな話を聞く。

ミュージシャンでも俳優でも、下積みのとき、恋人がサポートしてくれて、生活の面倒をみてくれて、ようやく売れてスターになったとする。そうなると、彼は、長年支えてくれた恋人や妻を捨て、新しい下積み時代を知らない人と結婚するのだ、と。

多くの人は、そんなスターを最低だと思うだろう。でも、わたしはその人の気持ちがわかるのだ。

その人を見るたび、負い目や罪悪感を覚えるのだとしたら、そんなに苦しいことはないし、負い目を感じない人と一緒に暮らしたいと思うのも当然だ。

進学のことについては、姉と何度も喧嘩をした。

大学に行ってほしい姉と、行きたくないわたし。わたしの未来なのに、姉が口出しするのはおかしいと思ったが、姉は姉で、わたしが言うことを聞かないことに腹を立てている様子だった。

たぶん、姉はわたしに自分を投影しているのだ。自分が大学に行って学びたかったから、わたしにそうしてもらいたいのだろう。

だがわたしは姉ではない。姉の言うとおりにする義理もない。

最終的に、看護専門学校に行くことで、姉も納得した。看護師の仕事は苛酷《かこく》だと思うが、資格があれば、それはひとりで生きる助けになるだろう。

高校を卒業し、看護専門学校に通い始めてから、わたしはなるべく、姉と距離を置くように振る舞いはじめた。

学校の後、居酒屋でアルバイトをして、夕食は賄《まかな》いを食べた。休みの日は、自習室のある図書館で、学校の勉強をした。なるべく、家にいる時間を短くしたかった。

その頃からだ。姉がよくジャムを煮るようになったのは。

いちごの季節はいちごジャムを煮る。八朔《はっさく》や柚子の皮などを使ったマーマレード、初夏はプラムを使ったジャムや、いちじくのジャム。

休みの日、自習室で勉強してから帰ると、いつも姉は台所に立っていて、甘い果物の香りがキッチンに漂っていた。

ジャムだけではない。梅の季節は梅干しを漬ける。梅酒も漬ける。らっきょうの酢漬け、風邪予防の金柑酒《きんかんしゅ》。狭い台所には、保存食の瓶がいくつも並んでいた。

そして、だいたい、そんな日はシチューやおでん、カレーやスープなど、時間のかかる料理が食卓に並んだ。

わたしも休みの日だけは、罪滅ぼしをするように姉と一緒に夕食を食べた。

学校で話をする友達もいたが、休みの日まで会いたくはなかった。高校のときも、友達と遊びに行くたびに疎外感を覚えた。

わたしが仲良くしたいと思ってしまうのは、だいたい苦労を知らない人たちばかりだった。彼女たちの明るさに惹《ひ》かれずにはいられないのに、六百円も七百円もする甘いドリンクや、どれも同じようなメイク用品に、惜しみなくお金を使う彼女たちと一緒にいると、少しずつ心が削られる気がした。

だから、休みの日まで一緒に過ごしたくはない。

休みの日に一緒に夕食を食べて、朝は姉の作ったジャムをトーストに塗って食べる。それだけが、わたしと姉が共有する時間だった。

母の貯めてくれた学資が尽きた頃、わたしはある奨学金に申し込み、それをもらえることになった。姉にはただ、「返さなくていい奨学金がもらえることになった」と伝えただけだった。姉は素直に喜んでくれた。

その奨学金がどういう条件だったかは、卒業間近になってから伝えた。仙台の病院で、三年以上勤務することが、その条件だった。

姉はぽかんと口を開けた。

「じゃあ、仙台に行くの？」

「うん、そう。奨学金がもらえて、就職もできるって、最高だよね」

わたしはつとめて明るく振る舞った。

姉はしばらく唇を噛みしめていた。

「どうして……、どうして離ればなれにならないといけないの？　この近くにも病院はあるのに……」

姉の目に浮かぶ涙を見ながら、またも罪悪感に押し潰されそうになる。

出て行くと言えば、姉が傷つくことはわかっていた。就職のとき、遠方の病院を選ぼうとすれば、きっと反対されただろう。

奨学金をもらってしまえば、姉にはどうすることもできない。さすがに、姉自身が仕事を辞めて、わたしについてくることはないだろう。

「美桜は寂しくないの？　たったふたりの家族なのに……」

もうわたしは、罪悪感を覚えるのはごめんなのだ。

背負わされたものを忘れて、楽しく生きたい。本当に心から楽しく生きられるかどうかなんてわからないけど。

「姉妹なんて、どうせいずれバラバラになるものでしょ」

ずっと姉妹で暮らしている人もいるかもしれないが、たぶんそんなには多くない。どちらか、もしくは両方が結婚して、別々の道を歩くか。そうでなくても、違う土地に住むか。

どちらにせよ、一生一緒にいることなんてありえない。

自分の声がひどく冷たく聞こえたことに、わたしは狼狽《ろうばい》した。

だが、一度言ったことはもう取り消せない。

下を向いて泣きはじめた姉から目をそらして、わたしはなにも考えないようにした。


仙台で働いている間、姉が会いに来たことが何度かある。

わたしは寮に入っていたから、部屋に泊めることはできない。会って食事をして、何時間か過ごすだけ。

それでも、三回のうち二回は病院のシフトを理由にして断った。姉と会うのは、向こうから連絡があって、三回に一回だけ。こちらから連絡はしなかった。

冷たいかもしれないが、そうやって少しずつ、距離を取れたらいいと思っていた。一生会いたくないわけではないけど、一年に一度、顔を合わせるくらいの頻度《ひんど》で、つきあっていきたい。

大人になった姉妹なら、それで充分だろう。

仙台に行って三年目、五月の連休に遊びに来た姉が言った。

「もしかしたら、結婚するかも」

職場の取引先の人と、二年くらいつきあっていて、プロポーズされたのだと。

「おめでとう！　すごくうれしい！　結婚式には行くからね」

わたしは姉の手を握ってそう言った。姉の驚いた丸い目を今でも覚えている。

姉と一緒にいるわたしは、いつもつまらなそうで、何事にも無関心なように振る舞っていたのだと思う。

でも、そのときうれしかったのは、本当だ。

姉が結婚して幸せになることもうれしかったし、なにより、姉にもっと大事なものができれば、わたしのことを忘れてくれるかもしれないと思った。

一年に一回くらい会えばそれで充分。数年会わなくてもかまわない。

その方が姉のことを好きでいられると思ったのだ。

結婚式は神前式で、その後、家族との食事会があるだけだった。姉の身内で、参加したのはわたしだけだった。

姉の夫も無口で、その両親や親戚が機嫌良く振る舞っているだけの時間で、わたしは愛《あい》想《そ》笑《わら》いを顔に貼り付けたまま、数時間を過ごした。

親戚の高齢男性から、失礼なことも言われたが、内容なんて覚えていない。病院でも、セクハラのようなことを言う高齢男性と接するのは、しょっちゅうだし、いちいち気にとめている暇などない。

ただ、姉のことも全然大事にされていないような気がして、悲しかった。

姉の夫は、それを咎《とが》めることもしなかったし、あまりうれしそうでもなかった。

それでも姉は笑っていた。世界でいちばん幸せな人には見えなかったけど、それでも笑っていたのだ。


仙台では四年働いて、東京に戻った。

寮に住んでいるから、東京だからといって飛び抜けて高い家賃を払わなければならないわけではなく、なのにお給料は東京の方がずっとよかった。

地方都市は車社会だから、車の維持にもお金がかかる。

仙台に行ったのは、姉と距離を取りたかったからだし、姉が結婚してしまえば、もうその必要はない。自然と会う回数も減り、距離も生まれてくるだろう。

そう思ったが、月に一度くらいは、姉から電話がかかってきた。

「ジャムを煮たから」

まるでジャムがわたしと彼女を繋《つな》ぐ、唯一の糸みたいだ。

そんなに心配しなくても、どこか遠くへ行ったりはしないし、完全に連絡を絶ったりもしないのに。そう思いながらも、わたしは三回に二回は理由を付けて断り、そのうち一回は断り切れずに受け取った。

いつの間にか、わたしの冷蔵庫には、姉の作ったジャムの瓶がいくつも溜まっていた。食べたくはない。姉の気持ちが煮詰められて、濃縮されているようで食べるのが怖かった。なのに、捨てることもできないのだ。

柚子マーマレード、いちごジャム、プラムのジャム、いちじくのジャム、ラ・フランスのジャム。そして一年経って、また柚子マーマレードの季節がやってくる。

自炊はほとんどしなかった。時間は不規則だし、寮のキッチンは狭い。仕事帰りにコンビニでなにかを買ってくるか、夜遅くまでやっている店でなにか食べて帰るかのどちらかだった。

世界中を揺るがすパンデミックが起こり、その間、二年ほど姉とは会わなかった。なのに、ジャムだけは定期的に送られてくるのだ。

いちごジャム、八朔のマーマレード、ブルーベリージャム、柚子マーマレード。三ヶ月に一度、四種類で季節は一巡する。

いつの間にか瓶が小さくなり、そのことに少しほっとした。あとしばらくは、このジャムのことを忘れていられる。判断を保留にしておける。

冷蔵庫は、もうすぐ姉のジャムでいっぱいになる。いつのかわからないものをもう食べる気はしないから、捨てるしかないだろう。

そんなとき、いきなり姉の死が知らされた。


ジャムの瓶はもうこれ以上増えることはない。

祖母は、足を悪くしているから、東京まで出てくるのは難しい。葬儀には、わたしひとりで参列した。

姉の夫の徳山さんと、その両親、それからわたしだけの葬儀だった。身内だけだというから、姉の友達などは呼ばなかったのだろう。そう考えてから気づいた。姉には友達がいたのだろうか。

わたしは誰のことも知らない。姉から話を聞いたこともない。もちろん、姉が中学生や高校生のときの友達なら何人か覚えているが、連絡先などはまるで知らない。

徳山さんが洟《はな》をすすり上げるだけで、その両親はどこか冷めた顔をしていた。

急にどうしようもなく、悲しくなった。姉はこんなふうに、孤独に送られていい人じゃない。

だから声を上げて泣いた。どこかでもうひとりのわたしが冷笑している。白々《しらじら》しい。何度自分から姉に電話をかけた？　何度自分から会いたいと言った？　いつも姉からの連絡がきたときだけ、しかもメッセージを適当にあしらったことも何度もある。

少しもいい妹ではなかった。姉から見れば、冷たい妹だっただろう。いっそのこと、叱ってくれればよかったのに。そう思うことすら甘えているのだろうか。こんなに早くいなくなってしまうのなら、もっと会えばよかった。ジャムだって食べて、おいしかったと伝えてあげればよかった。

勝手な言いぐさだということはわかっているのに、そう思わずにはいられない。顔をぐしゃぐしゃにして泣き続けるわたしを、徳山さんは気まずそうな顔をして見た。わたしは冷たくて、自分勝手などうしようもない人間だ。

愛する人が逝《い》ってしまったことを悔やむのではなく、この世でただひとり、わたしを愛してくれた人が逝ってしまったことを悲しんでいるのだ。

姉の葬儀が終わり、一ヶ月ほど経ってから、わたしは異動を命じられた。

系列の病院で、終末期医療を専門に行っているところだった。同じ都内でもかなり不便な場所になる。

給料は上がるから、不満はない。ただ、寮を変わらなければならないことが面倒だった。引っ越しはどこか人生の棚卸《たなおろ》しに似ている。必要のないものを手放し、本当に必要なものを手に入れる。

そしてわたしは姉のジャムと向き合わなければならない。

半年前にもらったものや、その前に送られてきたものは、新しい寮に持って行ってもいい。だが、古いものはもう処分した方がいいだろう。

封を開けて中身を捨て瓶を洗う。丁寧に瓶を殺菌しているのか、カビは生えていない。

四つめの瓶を開封したときだった。

なにか丸いものが瓶から転がり落ちた。保存しすぎてジャムが固形化したのだろうかと思ったが、触ってみると硬い。

洗ってみると、現れたのはガラスのビー玉だった。

姉は瓶の蓋に作った日付を書いていた。確認してみると四年前のものだ。

それより少し前のものを探して、開封する。またなにかが転がり落ちた。ビー玉ではない。ファスナー付きの小さな袋を二重にしたものを小さく畳んで、テープで留めてある。

中には紙が入っているのが見える。

わたしは、それを鋏で開封した。

「お誕生日おめでとう」

そう書かれている文字を見て、息を呑んだ。日付を確認すると、わたしの誕生日の一週間ほど前だった。

それより古い瓶にはなにも入っていない。

つまり、姉はジャムの瓶の中に、わたしへのメッセージを忍ばせた。でも、わたしがなにも反応しないことに気づいたのだろう。次は、ビー玉を入れてみた。もし、わたしが姉のジャムを食べていれば、ビー玉に気づいただろう。姉を問い詰めたかもしれない。

姉は、わたしが姉のジャムを食べていないことに気づいていた。

手が震えた。そこから新しいものへ手が伸びる。

また同じように小さく畳んだファスナー付きの袋が入っていた。

「食べてくれてないのかな。寂しいね」

中の紙にはそう書かれている。少し腹が立った。わかっているなら、ジャムを送ることをやめればいいのに。

あなたのそういうところが大嫌いだった。でも鬱陶《うっとう》しくても生きていてほしかった。

その後のジャムには、しばらくなにも入っていない。だが、そこから三本目を開けたとき、また密封されたメッセージを見つけた。

「助けてほしい」

そう書かれた文字を見て、目を疑った。

もうわたしがジャムを食べていないことに気づいているのに、どうしてこんなところにメッセージを入れたのだろう。

わたしが気づかなくてもいいと思っていたのかもしれない。

誰かを煩《わずら》わせることにひどく慎重なのに、押しつけがましい。そんな人だった。そう気づいてから、笑い出したくなる。

わたしは姉と似ている。そっくりだ。

心臓の音が早鐘《はやがね》のようだ。次の瓶を開ける。

「わたし、殺されるかもしれない」

次の瓶。もう残りが少ない。

「証拠は、お祖母ちゃんの家の二階。美桜が高校生のとき使っていた鞄《かばん》」

残った瓶はふたつ。

「あなたはいつ、これに気づいてくれるんだろうね」

最後の一瓶を開ける。

「愛してる」

それを読んで、わたしは泣き崩れた。ずっとあなたのことが大嫌いで、そして大好きだった。


翌日、わたしは休暇を取って、新潟へと向かった。

祖母には電話で確認した。足が悪くなった祖母は、もう二階にほとんど上がることはないと言っていた。

だが、去年、姉がやってきて、二階の掃除をしてくれたと。

急げば日帰りでも行けるが、探し物にどのくらいかかるかわからない。休みは二日取った。祖母の家ならいつでも泊めてもらえる。

最寄《もよ》り駅からタクシーで、祖母の家に向かう。祖母と少し話をしてから、わたしは二階に上がった。

わたしの鞄だから、部屋に入った瞬間にすぐにわかった。古いリュックサックは、家を出て仙台に行くとき置いていったものだ。

開けると、タブレット端末とACアダプターが入っていた。

バッテリーはとうに切れているから、アダプターに繋いで充電する。数分後、電源が入った。

写真を見るが、姉の作ったであろうお菓子や、可愛い犬、きれいな花などしか入っていない。

持っていたモバイルWi-Fiを使って、同期をすると写真のダウンロードがはじまった。

目を背《そむ》けたくなる写真が、いくつもタブレット端末に同期されていく。

殴られたような痕《あと》、身体《からだ》に残る無数の青あざ、誰にやられたのかはわからないが、もし、夫以外の人からで、夫が無関係なら、彼に助けを求めるのではないだろうか。

ファイルを見ると、音声ファイルがいくつもあった。

再生すると、徳山が姉を罵《ののし》っている声と、姉のすすり泣きが録音されていた。聞くに堪《た》えない罵声《ばせい》が延々と続いている。

こんな罵声を浴び続けたら、生きる気力を失ってしまっても不思議はない。

これで、徳山を罪に問えるのかどうかはわからない。これを持って、警察か弁護士に相談しに行くつもりだった。

もう少し早く辿《たど》り着ければ、救えたのだろうか。わたしは泣きながら、自分を責め、そしてそうさせた姉を恨む。
あなたの、こういうところが大嫌いだった。

福澤徹三

限界キッチン

福澤徹三

ふくざわ・てつぞう

福岡県生まれ。2008年『すじぼり』で第10回大藪春彦賞を受賞。ホラー、怪談実話、クライムノベル、警察小説など幅広いジャンルで執筆。著書に『灰色の犬』『そのひと皿にめぐりあうとき』など多数。『東京難民』は映画化、『白日の鴉』はテレビドラマ化、『侠飯』『Iターン』はテレビドラマ化・コミック化された。

親ガチャというのは、やっぱりある。

見た目がよくて頭がよくて親が金持なのと、見た目が悪くて頭が悪くて親が貧乏なのとじゃスタートラインに雲泥の差がある。スヌーピーは「配られたカードで勝負するしかないのさ」っていったそうだけど、親ガチャ当たりの奴は最初からロイヤルフラッシュだのフォーカードができてて、親ガチャはずれの奴はワンペアもないブタなのに、どうやって勝負するんだよ。

ね、そう思わない？　親ガチャは努力したくない者のいいわけだ。ネットでそんな記事も読んだ。だったら、なんでもかんでも自己責任なの？　生まれ持った能力には限界があるってば。いくら努力したって、誰もが東大理三に入ったり大リーグで活躍したり、できないっしょ。自分と他人をくらべるな。くらべるから不満をおぼえるって意見も聞くけど、くらべてるのはおれじゃなくて、他人のほうじゃん。容姿、学歴、職業、資産、家柄。みんな他人とくらべて優劣をつける。そういう差別がなけりゃ、おれだって女にモテるはずだし、一流企業に就職できたんじゃね？

今居悠貴《いまいゆうき》はリクライニングチェアで眼《め》を覚ました。夢のなかで親ガチャについて熱心に語っていた。しかし誰に語っていたのか思いだせない。カーテンの隙間から漏れる陽射しのなかを、無数の埃《ほこり》が漂っている。常夜灯がともった六畳の部屋にベッドはあるが、ネットやゲームをしながら眠ってしまうせいで、起きるのはいつもリクライニングチェアである。カーテンは昼間も閉めたままで窓もめったに開けないから、室内の空気は重くよどんでいる。

悠貴は両耳に挿《さ》したままのイヤホンをはずし、大きなあくびをした。明け方までやっていたシューティングゲームのデモ画面が、デスク上のモニターに映っている。マウスを手にしてゲームを終了するまえ、なんとなく総プレイ時間を見たら千四百九十七時間だった。ダウンロードして半年も経《た》たないのに、思ったよりやりこんでいる。これだけの時間をほかのことに費《つい》やしていれば――そんな後悔が頭をもたげるのを、かぶりを振って遠ざけた。とはいえ、もう十一月なかばとあって焦《あせ》りがつのる。

悠貴は今年の春に大学を卒業してから、いまだに就職が決まっていない。低偏差値の大学だけに高望みはしなかった。にもかかわらず、大手はもちろん中小企業にも落とされて就活に意欲を失った。卒業後は物流センターで検品のバイトをしていたが、先月末で契約が終わった。次のバイトを探そうと思ったら、父はだめだという。

「バイトなんて、いくらやっても職歴にならん。早く正社員になれ」

父は警察署の交通課に勤めている。歳《とし》は五十五で、階級は下から二番目の巡査部長だから出世とは縁がないくせに、ひとり息子に過剰な期待を寄せていた。悠貴が第一志望と第二志望に落ち、すべり止めの大学に入ったとき、父はあからさまに落胆した表情で、

「就職で挽回《ばんかい》しろ。ちゃんとした企業に入れば、学歴のハンデをはねかえせる」

大企業に入れば生涯安泰。いまはそんな時代じゃないといっても聞く耳を持たない。父は頭ごなしにゲームを馬鹿にするが、ゲーム実況を配信するユーチューバーで年収数千万は珍しくない。トップクラスのユーチューバーなら、サラリーマンの生涯年収を二年足らずで稼ぎだす。ゲーム実況の配信だけで。悠貴がそれをいうと、父は額に青筋を立てて怒った。

「そんなのは、ほんのひと握りだし、あぶく銭は身につかん」

たとえ身につかなくても金がないよりましだ。収入を得るのが仕事の目的なら、定年まで四十年近く働くより、ユーチューバーのほうがコスパとタイパではるかにまさっている。

「コスパとかタイパとか、カタカナ語を使うな。仕事は金のためだけにやるんじゃない。金に眼の色を変えるような奴が犯罪に走る」

父は警官という職業柄か石頭のうえに極端にケチで、悠貴が幼いころから小遣いを渋っ

た。高校生のときの小遣いは月に二千円しかなく、スマホも買ってもらえないので友だちといっしょに遊べなかった。見かねた母がときおり金をくれたが、それを足しても同級生の小遣いの半分にも満たない。

「とうさんは昔からケチなのよ。あんたは勉強がんばって、自分で稼げるようになりなさい」

母も小遣いが足りないらしく、ずいぶんまえから近所のカフェでパートをしている。それほど金を惜しむ父が大学の学費をだしたのは親戚の眼を気にするからだ。父の弟の息子——悠貴と同い年の従弟《いとこ》は偏差値七十超えの国立大に入った。おまけに弟は事業で成功し、眼をみはるような豪邸住まいとあって、父は口にはださないものの悔しがっている。

悠貴は大学生になったら、ひとり暮らしをしたかった。埼玉県大宮の自宅から八王子にある大学までは電車と徒歩で一時間半もかかる。むろん仕送りは期待できないので生活費はバイトで稼ぐつもりだったが、父はそれも許さなかった。

「おまえがひとり暮らしなんかしたら、悪い遊びをおぼえるだけだ。うちから通え」

電車通学は思った以上につらかった。朝の車内は身じろぎもできず、乗客の口臭や体臭が充満している。イヤホンやヘッドホンからの音漏れが耳につき、スマホをいじる乗客の手や肘《ひじ》が躯《からだ》にぶつかってくる。吊革を持たずにもたれかかってきたり、馬鹿でかいリュックを背負っていたり、げほげほ咳《せ》きこんだり、そんな乗客にもいらついて大学に着くころには疲れはてていた。

大学の授業は眠気をこらえる修行のように退屈だったが、春休みと夏休みは清掃のバイトをして、スマホやゲーム用のパソコンやリクライニングチェアが買えたのはよかった。

大学二年になるとコロナ禍の影響で授業はオンラインになって電車通学から解放され、思うぞんぶんゲームができた。対面授業が増えてきたのは大学三年の後期で、コロナ禍は大学四年の秋ごろにようやく落ちついた。

大学一年からつきあっていた彼女にふられたのも、ちょうどそのころだった。彼女はインターンシップに参加して会う機会が減っていたが、内定をもらったのを機に別れ話を切りだされた。

「これから研修で忙しくなるし、いまは恋愛より仕事に集中したいから」

自分の就活がうまくいかない引け目もあって、深追いはしなかった。

悠貴はどこからも内定をもらえぬまま卒業を迎え、従弟は一流商社に就職した。父はますます悔しがって、正社員になれと連呼する。けれども就活は失敗したし、朝の満員電車を思いだすとサラリーマンになるのは気が進まない。ゲームをしてユーチューブとアダルト動画を観て、ときどき求人サイトをチェックする。そんな生活を続けていると、自分だけが世間から取り残されたような心地がする。大学の同級生で唯一仲がよかった番場《ばんば》慎之《しんの》助《すけ》は、おまえは会社勤めにむいてねえよ、といった。

「みんなリーマンだから自分もやるんじゃ思考停止。ブラック企業に洗脳されて社畜になるだけさ。だからってバイトばっかやってても、辞められなくてバ畜になるけどな」

番場は昭和生まれみたいなシワシワネームのわりに能天気で、就活どころかバイトもせずに作家を目指している。番場が書いているのは異世界転生ラノベで、平凡な若者が特殊能力を持って異世界に生まれ変わり、美少女にモテまくるといったストーリーだ。ありふれたジャンルだけに、いまさら売れるとは思えないが、

「まだまだ余裕。いまだって何百万部くらい売れるのはざらだし、中身はテンプレでいいんだよ。ラノベは絵師ガチャだから」

番場はハイテンションでまくしたてる。絵師とは本のカバーを描くイラストレーターだ。原稿ではなくイラストで売ろうとするのは本質的にまちがっている。しかも番場は書いているというばかりで原稿を一度も読ませてくれない。

「もっと推敲《すいこう》しなきゃ読ませらんねえ。あと半年はかかるけど」

「のんきだな。親は文句いわないのか」

「おれは三人兄弟の末っ子だもん。兄ちゃんたちががんばればいいの」

　両親は好きにしていいと応援しているそうだから、うらやましい。悠貴もほんとうはゲーム実況で稼ぐユーチューバーになりたかった。けれどもゲームは下手だしトーク力にも自信はない。大学二年のときに作った「実況！　ゆーきちゃんねる」は、思いだすのも厭《いや》な黒歴史だ。

　悠貴は空腹をおぼえて自分の部屋をでると、一階におりてキッチンにいった。冷凍庫に大盛りチャーハンがあったから、電子レンジで温めてテーブルで食べはじめた。父がこの家を買ったのは、悠貴が小学五年のときだった。それまで住んでいた官舎にいれば金を節約できるのに、弟の豪邸に張りあうためか、父は一戸建てにこだわった。もっとも格安の中古住宅で、引っ越したときから古びていた。

「中古でも、ここは将来値上がりするぞ」

　父は得意げな顔でいったが、周辺はむしろ過疎化が進んでいる。警官は昇進にともなった異動が多いだけに、家を買っても遠方に転勤すれば単身赴任するしかない。にもかかわらず父が家を買ったのは、すでに出世をあきらめていたのかもしれない。

　この家に住みはじめたころは両親の仲もよく悠貴の成績もまあまあだったので、食事のときは三人でキッチンのテーブルを囲んだ。もっとも母は料理が苦手とあって出来合いの料理が多かった。父は食事に関心がなく、だされたものはなんでも喰う。母の手料理でいちばん旨《うま》かったのはカレーで、作るのは決まって母の機嫌がいいときだった。死んだ祖母から教わったというカレーは小麦粉からルーを作り、黄色くてまったりしたとろみがあった。両親が不仲になって以来、カレーはほとんど食べていない。母は家事をするとき以外は三畳の和室にいて、寝起きもそこでする。父が寝るのは寝室だから、ほとんど家庭内別居である。悠貴はいつだったか母に訊《き》いた。

「とうさんと、どうして結婚したの」

「よくわからない。つきあってたころから倹約家でまじめだった。でもそれだけよ」

父は父で、母がいないときにこういった。

「おれは酒をちょっと呑《の》むくらいで、ほかの遊びはいっさいやらん。おれのどこが気に入らんのか、かあさんが考えてることはさっぱりわからん」

チャーハンを食べながらスマホを見ていると、エックス（旧ツイッター）のタイムラインに「年末まで毎日抽選！　アカウントをフォローするだけで10万円が抽選で毎日1名に当たります。結果は翌日発表！」という投稿があった。この手の「お金配りアカウント」は有名な資産家が何年かまえにやって以来、SNSでよく見かける。大半は偽物で詐欺も多いらしいからスルーしかけたが、カヲリの顔が頭に浮かんだ。

カヲリは二十一歳で、大宮のガールズバー「好《ハオ》ハオ！」に勤めている。三千円でウイスキー、ブランデー、焼酎が六十分飲み放題、女の子のドリンク代とあわせて五千円ほどかかる。バイトをしていたころはよく呑みにいったが、六十分で切りあげてもバイト代の大半がなくなってしまう。カヲリは「イケメン以外NG」というし、K―POPアイドルの推《お》し活にはまっているから、つきあえる可能性はないに等しい。けれども好みのタイプだからバイトを辞めたあとも何度か呑みにいった。そのためにゲームやマンガを近所の買取屋に売ったが、もう金は作れない。

あらためて投稿された画像を見ると、主催者は人気ユーチューバーの「ひかるぶちょー」だった。十万円が抽選で毎日一名というのも、地味なぶんリアリティがある。どうせ当選しないだろうが、詐欺ではなさそうだからアカウントをフォローした。

曇り空の肌寒い午後だった。悠貴は落ちつかない気分で自宅近くの公園のベンチにかけていた。公園の木々から枯葉が舞い落ち、コンビニのレジ袋が風でどこかへ運ばれていく。

落ちつかない理由は「ひかるぶちょー」のお金配りアカウントである。アカウントをフォローした翌日にくす玉の画像とともに当選を知らせるDMが届き、十万円を振り込むので口座番号と連絡先を知らせて欲しいと書いてあった。口座番号は教えたくなかったが、残高はほとんどないから金をひきだされる心配はない。その時点でも、ほんとうに振り込まれるとは思っていなかった。

しかしそれからまもなく、十万円どころか五十万円が振り込まれていたので飛びあがるほど驚いた。振込元は知らない人物だし、なぜ四十万円も多いのか。不安になっていると企画の担当者を名乗る男から電話があって、

「このたびは当選おめでとうございます。さっそく賞金をお振り込みしましたが、当方の手ちがいで金額が五十万円になってしまいました。つきましては誠にお手数ながら、差額の四十万円をご返金いただければと思います」

振り込みで返金すると答えたら、申しわけございません、と男はいった。

「ほかの当選者のかたへの入金がありますので時間がなく、手渡しでお願いいたします。待ちあわせ場所をご指定いただければ、こちらからおうかがいしますので――」

男は恐縮しきった口調でいう。住所は知られたくないので、この公園で待ちあわせた。

四十万円は封筒に入れてボディバッグにしまってある。十分ほど経って白いクラウンが公園の入口に停まり、同時にスマホが鳴った。電話にでると、さっきとちがう男の声がした。

「あ、今居さんですか。外で現金の受けわたしもなんですから、車まで持ってきてもらえます？」

クラウンのそばにいったら運転席に三十代後半くらいの大男がいた。髪はフェードカッ

トで黒いジャージの上下を着ている。男はパワーウインドウをおろすと、助手席を顎でしゃくった。乗って。ガラが悪そうな雰囲気に緊張しつつ助手席に座り、男に封筒をわたした。男は中身を確かめて、うん四十万あるね、といった。悠貴は腰を浮かせて、

「それじゃあ、ぼくはこれで――」

といいかけたら、男は腫《は》れぼったい一重《ひとえ》の眼でこっちを見て、

「ちょっと待って。次の仕事の話すっから」

「次の仕事って――」

「とりまスマホを三台くらい契約してきて。一台あたり三万で買いとる」

「――えッ。通話できるスマホの転売って違法ですよね」

「おまえ、なにいってんの」

男は眉間《みけん》に皺《しわ》を寄せた。

「十万も報酬もらっただろ。それがなんの金かわかってんのか」

「なんの金って、ひかるぶちょーさんのアカウントをフォローして当選したので――」

「ひかるぶちょー？　あんなもん、ただのイメージ画像だよ」

「イメージ画像？」

「おまえの口座に振り込んだのは、振り込め詐欺の受け子だ。受け子から金を受けとった

んだから、おまえはもう詐欺グループの一員なんだよ」

「冗談じゃないですよ、振り込め詐欺なんて——ぼくはなにも知りません」

「警察《サツ》にそんないいわけが通ると思うか。なんなら、いま通報してやろうか」

悠貴は頭のなかが真っ白になった。もし警察沙汰になったら自分に前科がつくだけではなく、父も退職を余儀なくされる。といって男に従えば本格的な犯罪者になってしまう。

「スマホ契約するのが厭なら、受け子か出し子やるか。それか運び屋もあるぞ」

「かんべんしてください。十万円はかえしますから」

「足を洗うんなら十万じゃ足りねえ」

「足を洗う？　ぼくはあなたとはなんの関係も——」

そういいかけた瞬間、男の肘《ひじ》がみぞおちにめりこんだ。胃が裂けるような激痛に悶絶《もんぜつ》していると、

「おまえはもう詐欺グループの一員だっていっただろ。足洗うんなら五十万払え」

悠貴は痛みにあえぎながら、そんな大金ありません、といった。だろうな、と男は嗤《わら》い、

「じゃあ貸しといてやる。利息はトサンといいてえところだが、おまえマジで貧乏そうだからトイチに負けとくわ。十日後に五十五万払え」

「——無理です。たった十日じゃ作れません」

「作れねえならジャンプしろ。十日後に利息の五万払えば元金は待ってやる」

「ってことは十日ごとに利息だけで五万も――」

男がまた肘をかまえたから口をつぐんだ。そのあと男にスマホを貸せといわれ、テレグラムというアプリをインストールされた。男は悠貴にスマホをかえして、

「今後は、このアプリでやりとりする。試しにおまえの住所と両親の名前をこっちに送れ」

いわれたとおりにすると父の職業を訊かれたが、警察とはいえずに区役所と答えた。男はアーロンと名乗った。マンガ『ONE PIECE』の極悪キャラとおなじ名前で、偽名に決まっている。

「あとで口座番号送るから、利息はそこに振り込め。一日でも支払いが遅れたら、おまえんちに押しかけて身柄《ガラ》さらうからな。もしバックレたときは警察《サツ》にチクるぞ」

夜の大宮は喧騒《けんそう》に包まれていた。去年までは自粛ムードがいくぶん残っていたが、今年の人出はコロナ禍まえにもどっている。週末だけに若いサラリーマンの団体が多い。おれも就職できていたら、あのなかにいたかもしれない。悠貴は彼らを横目で見つつ、ネオンがまたたく通りを歩いた。足どりは重く、何度も溜息《ためいき》が漏れる。

アーロンと名乗る男に会ってから、悶々《もんもん》とした日々が続いている。振り込まれた十万円は手元にあるが、あと四十五万円はどうやっても作れない。そもそも、こんな意味不明の借金を払う必要があるのか。疑問に思ってネットで調べたら、自分とおなじような手口にひっかかった大学生が特殊詐欺の受け子として逮捕されたという記事があって戦慄《せんりつ》した。父に事情を打ちあければ殺されかねないし、母だってブチキレるに決まっている。友だちと呼べるのは番場慎之助くらいだが、あいつも金にはシビアだから相談してもむだだろう。

結局なにもできぬまま利息の支払い期限を迎えた。きょうの昼すぎ、指定された口座に利息の五万円を振り込んだが、またすぐに次の支払い日がくる。なんとかして持ち金を増やそうと午後からパチンコを打ったのが大失敗で、四万円も負けた。持ち金はもともと持っていた一万円とあわせて二万円、それが全財産だ。きょうはコンビニのサンドイッチを朝食べたきり、なにも口にしていないから空腹でめまいがする。駅へむかってふらふら歩いていると、突然誰かが腕を組んできた。ぎくりとして隣を見たら「好《ハオ》ハオ！」のカヲリだった。

「見いつけたッ。悠貴ゲットォ」

「ゲットじゃねえよ。こんなとこでなにやってんだ」

「ひまだったからキャッチ。さ、うちの店いこう」

丈の短いダウンジャケットを羽織《はお》り、ラメ入りのショートパンツを穿いたカヲリは強引に腕をひいた。悠貴はよろめきながら、ちょ待てよ、といって、

「さっきパチ屋で四万も負けたし、いろいろ大変なんだ」

「凹《へこ》んでるときは呑むしかないって。悩みがあるんなら聞いたげる」

おれは最悪のタイミングで最悪の選択をする。そう思ったものの、カヲリの手を振りほどいて帰ることもできず「好《ハオ》ハオ！」にいくはめになった。店はひまだといったのに、店内にはバンダナにチェックシャツという絵に描いたようなオタクの団体がいてアニソンを歌いまくっていた。甲高《かんだか》い声がうるさくてカヲリと話もできない。むかついてウイスキーのロックを立て続けに呑んだら、空《す》きっ腹のせいで酔いがまわって意識が朦朧《もうろう》となった。

それからどうやって帰ったのか記憶がない。ぼんやりおぼえているのは自宅の玄関だった。こんな遅くに酔っ払ってタクシーで帰ってきやがって。無職のくせに何様のつもりだッ。父の怒声《どせい》が遠くに聞こえる。悠貴は無視して二階にあがり、ベッドに倒れこんだ。

翌日はひどい頭痛と喉《のど》の渇きで眼を覚ました。混濁《こんだく》した脳裏《のうり》にゆうべの浪費や酔態《すいたい》が浮かんできて、叫び声が漏れそうになる。枕元に転がっていたなまぬるいミネラルウォーターをがぶ飲みしたあと、財布のなかを見たら千円札が一枚しかなかった。

やっぱ、と悠貴はつぶやいた。ゆうべパチンコ屋をでたときは二万円あったから「好ハオ！」の呑み代とタクシー代で遣ったのだ。いまさらながら後悔に頭を掻《か》きむしったが、こんなときでも腹は減るからキッチンにいった。買い置きのカップ麺を啜《すす》り、金策を考えた。次の利息の支払いまでに五万円を作らねばならないから、即日払いのバイトをスマホで検索した。日給一万円を超えるバイトなら五日働けばなんとかなるけれど、条件にあうのはハードな肉体労働ばかりだった。このところ軀《からだ》がなまっているだけに肉体労働はやりたくないし、たった千円では面接へいくのも心細い。

けさ父は非常招集とやらで、ふだんより早く出勤し、母はパートにいった。悠貴はカップ麺を食べ終えて自分の部屋にもどった。ゲームをする気にはなれずアダルト動画を観る気にもなれない。が、じっとしていられずにまた一階におりた。意味もなくリビングをうろついていたら、父が使っている手提げ金庫が眼にとまった。このなかに金があるかもしれない。もしまとまった金があれば、一万か二万借りてもすぐにはばれないだろう。その金を元手にパチンコを打ち、ゆうべの負けをとりもどしたい。おれは最悪のタイミングで最悪の選択をする。悠貴はゆうべとおなじ思いを抱きつつ手提げ金庫を開けたが、中身は名刺や書類ばかりだった。続いて洋服簞笥《だんす》を調べ、押入れを調べ、物置を調べた。しかし、どこにも金はない。

だんだん意地になって、なにか見つけなければ気がおさまらず、母の部屋まで調べはじめた。洋服箪笥の引出しを片っぱしから開けていくと、下着がぎっしり入っていた。どれもベージュで股上が深くて野暮《やぼ》ったい。母の下着に触れたくないが、引出しの底になにかあるかもしれない。そう思って引出しを探っていたら、いちばん下からTバックのショーツが何枚もでてきて肝を潰《つぶ》した。アダルト動画にでてくるようなきわどいデザインで、色も赤やピンクや黒だった。見てはいけないものを見てしまった——。急いでそれらを引出しの底にもどしたとき、背後でみしりと音がした。引出しを閉めて振りかえると、父が立っていたので心臓が縮みあがった。悠貴は舌をもつれさせて、

「しし、仕事はどうしたの」

「自宅待機になった。おまえはなにをやってるんだ」

父は抑揚《よくよう》のない声でいった。怒鳴らないのがかえって怖くて答えられない。なあ、かあさんの部屋でなにやってるんだ。おれの箪笥の引出しも開いてたぞ。父はぞっとするような声でいった。金が欲しくて家捜《やさが》ししてたんだろ。ちがうか。いいわけを思いつかぬまま立ちすくんでいると、父はすさまじい形相《ぎょうそう》でつかみかかってきた。飛びのいて廊下に逃げだしたら、父の怒声があとを追ってきた。

「おまえは勘当《かんどう》だッ。二度と帰ってくるなッ」

高田馬場は学生の街である。早稲田はもちろん、ほかの大学や専門学校があるから駅周辺は学生たちでにぎわっている。客層が若いだけにラーメン屋、カレー屋、居酒屋、カラオケボックス、パチンコ屋、雀荘が多い。いまから進路を決める学生とちがって、自分はレールから脱落したせいで楽しげな彼らを見るのはつらい。

「就活で失敗したら人生終了って、あんまりだよな」

悠貴が愚痴《ぐち》をこぼしたら、それはおまえの価値観だろ、と番場慎之助はいった。

「おれはこれからがスタート。人生は常にのぼり坂」

「なんだ、そのパワーワードは」

「おまえら埼玉県民は上昇志向が薄いよ。だから、どんく埼玉なんていわれるんだ」

「埼玉県民は自虐が好きなの。そんだけメンタルが強いんだよ」

番場のアパートは、JR高田馬場駅から徒歩十分ほどの住宅街にある。部屋は1Kで築四十年と古いが、家賃の六万円は父親が払っている。そのうえ仕送りがあるので、番場はバイトもせずにラノベを書いている。おれのおやじとは雲泥《うんでい》の差だ、と悠貴は思った。

父に勘当されていくあてもなく、この部屋に転がりこんだのは三日まえだった。番場は二万円を貸してくれて、しばらく居候《いそうろう》してもいいという。持つべきものは友だちだと思

ったが、番場は肉まんが銀縁メガネをかけたみたいな顔を膨《ふく》らませて、

「もうこれ以上は貸せないぞ。あとは自分でなんとかしろよ」

さすがに迷惑がっているようで肩身がせまい。きのう誰もいないのを見計らって自宅に帰り、ノートパソコンや衣類といった私物を持ってきた。けさ母から電話があって、

「あんたどこにいるの。ずっと帰ってないみたいだけど」

「友だちんち。とうさんはなにかいってた？」

「なにも。っていうか、最近しゃべってないから。どうせ喧嘩《けんか》したんでしょ」

「まあね」

父は家捜しの件を母に話していないようだった。悠貴もTバックの件は黙っていた。というより口にできない。母には息子の自分が知らない顔があった。あんなものをいつどこで穿《は》くのか、想像したくない。それよりも問題なのは、これからの生活である。番場はのんきなわりに心配性だから、アーロンのことは話していない。もう十二月に入って次の利息の支払いまであと一週間もないのに、どうやって金を作ればいいのか。悩んでいるとカヲリから電話があって、歌舞伎町の居酒屋がバイトを募集しているという。

「うちの店のオーナーの知りあいが店長してるの。日払いもできるってさ。ちょっと遠いけど、朝五時までやってるから始発で帰れると思って」

「ちょうどバイト探してたけど、どうしてそんな話を――」

「このあいだ自分でいってたじゃん。日払いのバイトないかって」

酔っていたからそんな話をした記憶はないが、歌舞伎町なら高田馬場から歩いても通える。悠貴はさっそく面接にいくと答えて店名と場所を訊き、

「採用されるかわかんないけど、もしおれが働きだしたら呑みにきてよ」

「ぜったいいかない」

「え？　なんで」

「ま、いいじゃん。がんばって」

その店は歌舞伎町さくら通りの路地にあった。

八階建てのテナントビルの六階に「創作居酒屋　玄海《げんかい》の宴」と看板がでている。あたりは風俗店だらけだが、最上階に有名な焼鳥チェーン「鶏華族《とりかぞく》」があるからビルの印象は悪くない。悠貴を面接したのは、店長の藪内雷牙《やぶうちらいが》というキラキラネームの男だった。頭は坊主刈りで眼つきが鋭いから緊張していると、藪内は履歴書を一瞥《いちべつ》して、

「厨房入ってもらうけど、やれるよね」

「やれるといいますと――」

「おれは料理長も兼ねてるから、調理は基本おれがやる。きみはそのサポート」

やれますと答えたら、その場で採用になった。店の営業時間は夕方五時から朝の五時まで。時給は千三百円だから都内ではまあまあだが、深夜手当がつかないかわり、所得税はひかれないという謎ルールを聞いて不安になった。

「あの、ぼくのシフトは——」

「開店から閉店まで」

「え？　十二時間ってことですか」

「うん。なにか問題ある？」

歌舞伎役者の「にらみ」みたいな目力に圧倒されて断れなかった。

藪内は三十五歳だというが、四十代でも通りそうなほど老けている。店の従業員で社員なのは藪内だけで、あとは全員バイトだった。ホール担当は三人いて、ひとりは二十代後半くらいの肥《ふと》った女だった。女は常に不満をみなぎらせた表情で、全身から負のオーラを放っている。あとのふたりは小柄なベトナム人の男だった。席数は四十もあるのにホールは彼ら三人が交替し、ひとりかふたりでまわしているらしい。

ずいぶん無茶なシフトだと思ったが、実際に働いてみると業務内容はもっと無茶だった。バイトの初日、五時に出勤して制服に着替えていると、いきなり藪内から怒鳴られた。

「居酒屋で五時開店っていったら、五時には仕事ができるってことだろうが」

遅くとも四時半には店に入れという。そのぶんの時給はでないのが納得いかなかったけれど、藪内が怖いせいもあって必死に働いた。膨大な量の洗いもので手が荒れ、ずっと立ちっぱなしだから足が棒になる。料理の経験などないのに野菜を切らされたり、天ぷらやフライを揚げさせられたりして、切り傷とやけどで手が絆創膏《ばんそうこう》だらけになった。店が忙しくなると藪内は殺気《さっき》だって、すこしでも失敗したり作業が遅れたりすると、怒号が飛んでくる。

「もたもたすんじゃねえ。オーダー聞いてんのか、こらッ」

「おいおいおい、いつになったら仕事おぼえるんだッ」

殺気だつのは藪内だけでなく、客もしょっちゅう声を荒らげる。その理由は値段が高いからだ。伝票にはお通し七百円、席料五百円、週末料金五百円、年末料金五百円と書いてある。お通しだけでも法外に高いが、あとの三つはわけがわからない。それに加えて合計金額に十五パーセントのサービス料が加算される。すなおに払うのは酔っぱらいだけで、ふつうの客は料金を聞いて顔色を変える。

「どうしてこんなに高いの？　ぼったくりじゃないか」

客がクレームをつけると、ベトナム人のグエンかホアンが対応する。どちらと話しても要領をえないから、たいていの客はあきらめる。それでも粘る客には藪内が歌舞伎役者の「にらみ」で交渉する。

「料金についてはメニューに明記してありますけど」

メニューの裏面にある二ミリくらいの文字を指さす。警察に通報すると息巻く客もいるが、警察は民事不介入で対応しない。ぜったいいかないとカヲリがいった理由がわかった。肝心の料理は悠貴が味見したかぎりでは、ごくふつうだった。玄海の宴という店名からは海鮮料理を連想する。しかし刺身はわずかしかなく、揚げものや炒めものや焼きものが多い。

「食中毒だけは怖いからな」

と藪内はいった。つまり食中毒以外は怖がっていないらしい。こんな店では流行りそうもないが、客はそれなりにくる。歌舞伎町という立地に加えて優秀なキャッチがいるからだ。キャッチはジュンヤという二十代なかばの男で、いくつかの店を掛け持ちしており、客の要望に応じて店を紹介する。いや、正確にいえば客を誘導する。ジュンヤは店を探していそうな通行人に声をかけ、ビルの最上階にある鶏華族の割引ができるという。相手が興味を示すとスマホをだして、

「ちょっと確認してみますね」

鶏華族に電話したふりをする。ジュンヤはそのあと申しわけなさそうな表情で、あいにくいま満席みたいで——といってから急に笑顔になると、

「でも系列店なら、すぐご案内できますよ」

この店の十パーセント割引のクーポンをわたす。むろん鶏華族の系列店でもなんでもない。クーポンはいちおう使えるものの、サービス料の十五パーセントが安くなるだけだ。

そんな店とあってネットの口コミは荒れまくっている。「典型的なぼったくり店」とか「想像の斜め上をいく地雷」とか「行く価値のないクソ店」といった評価がならぶ。にもかかわらずグルメサイトによっては上位に表示され、評価も高い。

「ああいうサイトにとって、うちの会社は優良顧客なんだ。広告掲載料をばんばん払うからな」

藪内によると、玄海の宴を経営する会社は都内に居酒屋を何軒も持っていて、おなじようなぼったくり営業をしているという。悠貴は不思議に思って訊いた。

「どうしてふつうに営業しないんでしょう」

「おれだってまともな店がいいけど、上がそういう方針なんだよ」

「でも悪い噂が広まったら、お客が減っていくんじゃ——」

「そういうときは店名ロンダリング。店の名前を変えりゃ、また客がくる」

藪内は茨城の高校をでてから上京し、飲食業を転々としてこの店を経営する会社に入った。会社の本部にはエリアマネージャーやブロックマネージャーがいて、売上げが悪いとすぐに降格される。離職率が高いから人手不足が慢性化し、業務の負担が社員にのしかかる。店は年中無休なのに、副店長だった社員がひと月まえに辞めたので、それ以来休みがとれないという。

「でも、もう慣れた。そいつが辞めるまえから三十連勤なんてざらだった」

藪内は仕込みや売上げの管理もあるから、毎日十五、六時間は働いている。社畜も逃げだしそうなブラック企業だけに、以前の自分ならすぐ辞めていただろう。

「おまえは怠《なま》け者だ。性根《しようね》を入れかえろ」

父はよくそういったが、そんな怠け者でも尻に火がつけば働かざるをえない。バイト代は日払いでくれたから、番場に借りた二万円とあわせて二回目の利息は払えた。けれども、いくら利息を払ってもきりがない。バイトを終えた朝、へとへとになって番場のアパートに帰ると、虚脱感に見舞われる。疲れすぎるとかえって眠れず、床にへたりこんでいたら番場が顔をしかめた。

「おまえ、なんか臭いぞ」

「アホく埼玉、バカく埼玉、田舎く埼玉か。朝からディスるなよ。くたびれてんだから」

「そういう意味じゃないって。油とか醤油とか味噌とか、そんな匂いがする」

自分の軀を嗅《か》いだら、たしかに厨房の匂いがしみついていた。そんなにバイトしんどいのか。番場に訊かれて店の実情を話した。会計はぼったくりで同僚はベトナム人だといったら番場は笑って、

「ベトナム人？　親ガチャどころか国ガチャはずれじゃん」

「はずれかどうか知らねえけど、みんな底辺なのはたしかだな」

「それ小説で使えるな。『ぼったくり居酒屋で底辺バイトをしてたおれが、転生した異世界で悪役令嬢と無双したけどなにか？』ってタイトルはどうだ」

「ガチで転生したいわ。人生って、なんでゲームみたいにリセットできねえのかな。初見でクリアなんてできっこないのに、マジ無理ゲーだわ」

悠貴はバイトにいつまで耐えられるか自信がなかった。しかし日が経つにつれ洗いものを手早くさばけるようになり、野菜のカットや盛りつけのコツもおぼえた。負のオーラが漂う女は十二時まえに帰るからほとんど口をきかないが、グエンとホアンとは仲よくなった。グエンに聞いたところでは、ふたりは二十三歳で、来日して三年になる。ホアンは日本語がほとんどしゃべれないから、隣でにこにこしているだけだ。グエンに日本の印象を訊くと、

「アジノモト、コナン、ドラゴンボール」

ベトナムでは味の素がアニメとならんで有名だという。グエンからベトナムの印象を訊かれても答えられなかったが、日本とちがってのんびりした国のようだった。

「ニホンジン、マジメダケド、ハタラキスギヨ」

「だろ。グエンもそう思う？」

「ベトナムジンハ、シゴトヨリ、カゾクガダイジ」

グエンとホアンは、ベトナムの家族に仕送りするために働いているといった。家族との関係が薄くなったといわれ、過労死が社会問題になる日本とは対照的だ。

藪内はしょっちゅう怒鳴るが、厨房がひまなときはおだやかで、まかないを作ってくれる。あまった食材を使った丼ものが多く、時間がないと卵かけご飯になる。しかしグエンとホアンはニョクマムというベトナムの魚醬《ぎょしょう》を白ご飯にかけて喰う。グエンにわけを訊くと、ベトナムは新鮮な卵が手に入りにくく、食中毒が怖いから生卵は食べないと答えた。

でもよ、と藪内はいって、

「ベトナム人はホビロンっていって、ヒナが孵化《ふか》しかかったアヒルのゆで卵は食べるんだぜ」

「ミンナ、ホビロンダイスキ。テンチョウモ、タベナサイ」

「冗談じゃねえ。こいつらが好きなパクチーもカメムシみたいで嫌いなのに」

「ベトナムハ、カメムシタベルヒト、イルヨ」

藪内はあきれた顔でかぶりを振り、グエンとホアンは笑った。ふたりはニョクマムをかけただけの飯でも喜んでたいらげ、客の食べ残しや消費期限切れの食材を持って帰る。私服はいつもおなじで、ふたりともすり切れたダウンジャケットとジーンズだ。ベトナム人だから時給が低いのか。藪内にそれを訊いたら、時給は日本人とおなじだという。

「ベトナムの平均年収は四十八万だっていうから、すげえ高給取りさ」

「だったら、どうして倹約するんですかね。家族に仕送りはあるでしょうけど」

「あのふたりは、なんでもありがたがるんだ。ウォン、ヌォック、ニォ、ングオンっていってな」

「なんですか。そのウォンなんとかって」

「グエンはベトナムのことわざだっていった。直訳すると、水を飲むとき、水源を思え。要するに、水を飲むときは井戸を掘った先祖たちに感謝しろって意味らしい」

厨房はせまくて換気が悪いから調理の熱がこもって、十二月とは思えないほど暑い。おい、涼みにいくぞ。藪内はそういって裏口をでて、非常階段の踊り場でタバコを吸う。何度かそれにつきあったが、吹きさらしの非常階段から見おろすと、四方をビルに囲まれた空間は真っ暗で地面が見えない。

「そこって怖いだろ。おれは奈落《ならく》の底って呼んでる」

「奈落の底――」

「いったん落ちたら這いあがれねえ。いまの格差社会とおなじさ」

「おれもレールからこぼれ落ちました。就活で失敗して」

「おまえは大学でてるし、まだ若いからなんとかなるさ。おれなんかここ辞めたら、また一からでなおしだ。女房と娘のために辛抱《しんぼう》するしかねえ」

娘はまだ四歳だという。藪内は溜息をついて、

「うちは両親が毒親《どくおや》だったけど、

「毒親って、そんなにひどかったんですか」

「おやじは元ヤンのアル中で、おふくろはパチンコ狂いのメンヘラだった」

父親は肝硬変で血を吐いて死に、母親はあちこちの闇金に借金して年下の男とゆくえをくらましたという。まともな親なら息子に雷牙なんてつけねえだろ、と藪内は苦笑して、

「格ゲーのキャラじゃねえんだから。おかげでガキのころは、さんざんいじられた。でも中学の同級生に『本気』って書いて、読みが『マジ』って名前の奴がいた。そいつよりはましかもな」

おれは親ガチャはずれだと嘆いてたけど、と悠貴は思った。藪内にくらべれば、はるかにましだ。番場はベトナム人を国ガチャはずれだといった。平均年収が四十八万円の国からきたグエンとホアンは、藪内より大変かもしれない。それでも明るく働くふたりに親しみをおぼえた。

忘年会シーズンがピークを迎え、店は連日忙しくなった。ほかの店が混んでいるので団体客がぞろぞろ入ってきて、早い時間から満席になる。この時期の客たちは呑めさえすればいいらしく、あまり値段にクレームをつけない。悠貴は熱気がこもった厨房で汗だくになって仕事をこなしたが、次から次へと注文が入って息つくひまもない。藪内はいつにもまして怒鳴りちらし、頭はパニクりまくって脳の血管が切れそうになる。もう限界だ――。何度そう思ったかわからないが、かろうじて踏みとどまった。

足りなくなった食材を買いにドンキへ走ると、ネオンがひしめく通りは大勢のひとびとでごったがえしている。サラリーマン、OL、大学生、外国人観光客に加えて歌舞伎町の住人も多い。スーツの肩を寒そうにすくめて歩くホスト、客を見送りに店をでてきたキャバ嬢、白い歯を見せて通行人に声をかける客引きの黒人、地面に坐《すわ》りこんで呑み喰いするトー横キッズたち、半グレかヤクザか、ビルの陰にひっそり佇《たたず》む強面《こわもて》の男。みんな、それぞれの事情を抱えて生きている。

　バイトをはじめて二週間ちょっとだが、勤務時間が長いのと一日も休んでいないせいで、ずいぶんまえから働いている気がする。もうすぐクリスマスイブとあって歌舞伎町の通りにはイルミネーションがきらめいている。カップルが街にあふれるクリスマスイブはいまいましい。毎年この時期になると街角やＣＭで、決まって山下達郎《やましたたつろう》や竹内《たけうち》まりやや松任谷《まつとうや》由実《ゆみ》やマライア・キャリーが流れるが、それも聞きたくない。バイト先で知りあった男は、クリスマスソングの無限ループに耐えられずショッピングセンターを辞めたといった。

　けれども、いらだちは単純労働の効率をあげることもある。店にもどってがむしゃらに食器を洗っていると藪内がこっちを見て、おまえやけにテンパってんな、といった。

「イブくらい休んでもいいぞ」

「大丈夫です。彼女いないし、もっと稼がなきゃいけないから」

　きのうアーロンに三回目の利息を振り込んだが、このままでは永遠に元金が減らない。無意識のうちに表情が暗くなっていたのか、おまえさあ、と藪内はいって、

「なんでそんなに金がいるんだ」

「実は借金があって――」

　思いきってわけを話すと藪内は鼻を鳴らして、

「勝手に金を振り込むのは押し貸しって手口さ。そんなもん払う必要ねえ。スマホ着信拒否《チャッキョ》にしてシカトしろよ」

「でも、アーロンって奴は実家に押しかけるっていってたし、おれが警察に捕まるかも――」

「おまえはどうせ勘当されてんだから、気にすんな。うちのおふくろなんか闇金踏み倒して逃げたから、おれに取り立てがきたけど、ないものはないって払わなかった」

藪内のことばに力づけられて、テレグラムをアンインストールするとアーロンの電話番号を着信拒否にした。これでアーロンとは連絡がつかない。利息の返済をやめると決めたら金に余裕ができたので、番場に二万円をかえし、好物のチーズ牛丼特盛りをおごった。

「チー牛って陰キャが喰うみたいにいわれてるけど、ガチで旨いよな」

陰キャとは陰気なキャラの意味で、その反対が陽キャだ。そういうレッテル貼りはリア充や非リア充とおなじで、他人をこうだと決めつけるから嫌いだが、番場にいわせると、

「おまえは陽キャだよ。うちを追いだされてもへらへらして、ぼったくり居酒屋で働くんだから」

「へらへらはしてねえよ。じゅうぶん凹《へこ》んでたけど、仕事がちょっと楽しくなっただけさ」

客からすれば最低の居酒屋でも、藪内やグエンやホアンは家族のために精いっぱい働いている。それが免罪符にはならないけれど、目先の欲だけに囚《とら》われていた自分とはちがう。

クリスマスイブの客層は若いカップルが多かった。ふたりですごす夜にこの店を選んだのは最悪のチョイスで、勘定を聞いて怒りだす者や、割り勘にするしないで揉《も》める男女もいた。深夜になっても客足は衰えず、藪内は三角跳びのように厨房を走りまわって怒鳴る。

「ポテサラひとつにいつまでかかってんだッ」

すこしまえなら藪内がまちがっていても黙っていた。しかし最近の悠貴は口答えする。

「店長が先にホッケ焼けっていったじゃないすかッ」

なんだとおッ。藪内は即座に怒鳴りかえすが、ちらりと眼をやるとときどき口元がゆるんでいる。限界は、すこしずつ広がっていく。

閉店後の翌朝、グエンとホアンを誘って二十四時間営業の居酒屋へいった。

「きょうはクリスマスだから、ちょっとだけ呑もうよ」

藪内も誘ったけれど、娘にプレゼントをわたすといって先に帰った。

ベトナムではクリスマスをノエルと呼び、恋人よりも家族とすごすことが多いという。グエンとホアンは小柄なわりに酒が強く、ビールをがぶがぶ呑む。モッ！　ハイ！　バー！　ヨー！　ふたりは陽気な掛け声とともに乾杯する。ベトナムでは何度も乾杯するのがふつうらしい。三人で飲むのは楽しかったが、きょうも仕事だから深酒はできない。居酒屋の勘定は安かったので悠貴が払った。グエンとホアンは大仰《おおぎょう》に喜び、明るくなった帰り道で何度も礼をいった。ふたりは年明けに帰国し、彼らの知りあいのベトナム人がホールに入ると聞いて、急にさびしくなった。

「マアイ、マアイ、ラー、バン」

グエンはそういって悠貴の肩を叩き、ホアンはうなずいた。どういう意味か訊いたら、ズット、トモダチ、とグエンは答えた。

暮れも押し迫った夜だった。悠貴が厨房で働いていると、知らない電話番号から何度も着信があった。誰だろうと考えていたら、きょうが利息の支払日なのを思いだした。むろん振り込みはしていないので、アーロンがちがう電話からかけているのかもしれない。あの男がなにか仕掛けてくるのではないかと不安になったが、今夜も店は忙しくて悩んでいるひまがない。

オーダーストップの午前四時半になって最後の客が帰り、藪内はレジを締めにいった。悠貴が厨房を片づけていると藪内の声がした。すみません、もう閉店なんですが。レジのほうを見たら、レザージャケットを着た大男が立っていたので背筋が凍りついた。藪内はおなじ台詞《せりふ》を繰りかえした。

「すみません、もう閉店なんですが」

「ここに今居悠貴って奴がいるだろ。そいつに用があるんだ」

とっさに逃げようと思ったが、まにあわなかった。アーロンは藪内が止めるのも聞かず、大股で厨房に入ってきた。アーロンは酔っているらしく酒臭い息を吐いて、

「このおれを舐《な》めやがって。逃げられると思ってんのか」

「どうしてここが――」

「おまえのスマホに追跡用のアプリを入れてあるからよ。おまえがこのビルにいるのはGPSの位置情報でわかったけど、どの店か調べるのに苦労したぜ」

アーロンは悠貴がわたしたスマホにテレグラムをインストールした。あのとき追跡用のアプリも同時にインストールしたのだ。アーロンは薄い眉を吊りあげてこっちに迫ってくると、

「利息も払わねえでバックレたケジメつけてもらうぞ。いまからいっしょにこい」

「そいつはうちの従業員だ。勝手なことをするな」

藪内が割って入った。アーロンはものもいわずに拳《こぶし》をふるい、藪内を殴り倒した。思

わず駆け寄ろうとしたらアーロンに襟首《えりくび》をつかまれた。ものすごい力でひきずられたが、厨房の入口にグエンとホアンが立っていた。アーロンは舌打ちして、

「なんだ、おまえら。どこの国からきやがった」

「アナタダレ？　ナゼ、テンチョウ、ナグッタカ」

「るせえんだよ、このチビどもがッ」

「ユウキヲ、ハナシナサイ」

「だめだ。こいつは死ぬまで飼い殺しにしてやる」

グエンはアーロンをにらみつけた。ふたりの身長差は大人と子どもくらいある。ホアンはこっちを見ながらスマホで誰かとしゃべっている。アーロンは悠貴を突き飛ばすと、グエンの胸ぐらをつかんだ。制服の胸元がはだけて、龍のタトゥーが覗《のぞ》いた。グエンは大男の手を振りほどき、向こう脛《ずね》に鋭い蹴《け》りを放った。

「てめえ、ぶっ殺してやる」

アーロンは顔をゆがめて怒鳴り、シンクの上にあった刺身包丁を手にして、グエンに斬りかかった。次の瞬間、ごつッと鈍い音がしてアーロンは刺身包丁を落とし、床にくずおれた。ベトナム人らしい見知らぬ男がアーロンの背後で消火器を振りあげていた。ベトナム人らしい男はもうひとりいる。ふたりはホアンが電話で呼んだのだろう。四人のベトナ

ム人は自国語でがやがやしゃべりながら、アーロンの巨体を抱えあげて非常口のほうへむかった。

悠貴は床に倒れていた藪内を抱き起こすと、彼らのあとを追って非常口のドアを開けた。同時に、どしゃッ、と重たいものが破裂したような音が響いた。非常階段の踊り場には四人のベトナム人しかいない。驚いて下を覗いたが、暗くてなにも見えない。

「チクショウ、ニゲラレタ」

グエンがそういうと、ほかの三人もニゲラレタ、ニゲラレタと唱和した。

西日に照らされた街並が車窓を流れていく。大晦日《おおみそか》の前日とあって電車は空いている。サラリーマンやOLの姿はわずかで、買物帰りの主婦や帰省客らしい家族連れが眼につく。悠貴は座席にかけて、ぼんやり景色を眺めていた。網棚には荷物を入れたリュックがある。

きょうの午後、番場の部屋でテレビを観ていると母から電話があった。

「お正月はどうするの」

「どうするって――どうもしないよ」

「とうさんがそろそろ帰ってこいっていってるけど」

悠貴はすこし口をつぐんでから、

「勝手だなあ。でていけとか帰ってこいとか」

「あのひとはいつもそうなのよ。とにかく帰ってらっしゃい」

「――わかった。じゃあ夜までに帰る」

電話を切ると、きわどいTバックが頭にちらついた。あるいは予想とちがって父との関係がよくなったのかもしれないが、それはそれで考えたくない。世の中には自分の想像を超えたことがたくさんある。お金配りアカウントに応募してからきょうまでの日々で、それがよくわかった。

一時間ほどまえ、番場に礼をいって高田馬場のアパートをあとにした。番場はさびしがっているような安堵《あんど》したような表情で、また遊びにこいよ、といって、

「これからどうするんだ」

「またバイトする」

「なんの?」

「また飲食やるかも。厨房の仕事はだいぶ慣れたから」

「おれも働こうかな」

番場がぽつりとつぶやいた。悠貴は眼をしばたたいて、

「どうしたんだよ。ラノベ書くんだろ」

「うん。でも自分でわかってるんだ」

「なにが」

「どうせデビューできないって」

「――あきらめんなよ。無責任に応援するから」

番場は頬をゆるめて曖昧《あいまい》にうなずいた。おたがい配られたカードはちがうけれど、人生は勝ち負けだけじゃない。ゲームみたいにクリアを目指さなくても、いけるところまでいけばいい。

悠貴はスマホに眼をむけてニュースを検索したが、それらしい事件の報道はない。アーロンが店にきたのは、おとといの朝だった。グエンたち四人が帰ったあとで藪内がいった。

「せっかく慣れてきたのに残念だけど、おまえはもう店にくるな。警察《サツ》にあれこれ訊かれると厄介《やっかい》だから、きのう付けで辞めたことにしとく。だから事件とは無関係だ」

厨房のスタッフはどうするのか訊くと、本部にかけあって応援を呼ぶといった。悠貴は藪内の配慮に感謝しつつ、四方をビルに囲まれた奈落の底が気になった。

「怖くて近づきたくないけど、ほっといていいんですか」

藪内は肩をすくめて、じきに見つかるだろ、といった。

「でも世間はもうすぐ正月休みだ。あそこに出入りする奴はしばらくいねえよ」

「グエンたちは大丈夫でしょうか。もし警察が調べにきて――」

「あいつらは日本の警察を怖がらねえ。ボドイっていうベトナム人不良グループのメンバーだからな」

グエンの胸にあった龍のタトゥーが脳裏に浮かんだ。藪内は続けて、

「ボドイのメンバーには不法滞在してるベトナム人が大勢いる。もとは技能実習生で来日したけど、職場でひどいあつかいされて逃げだしてボドイに入った奴も多い。ただグエンとホアンは根がまじめだから、うちで働くのが性《しょう》にあってた」

「じゃあ、ふたりも不法滞在ですか」

「たぶんな。在留カードは偽造だろうが、おれは本物だと思った。それだけさ」

「不法滞在ならベトナムに帰るには、どうやって――」

「グエンは自分から出頭すれば、出国命令制度とかいうので入管に収容されずに帰れるといってた。ベトナムと日本に犯罪人引渡し条約はねえし、そもそもアーロンって奴は、グエンたちに追っかけられて非常階段から逃げた。そのあとは知らねえ。そうだろ」

そうです、と悠貴は答えた。アーロンが何者なのかすら知らない。

大宮で電車をおりると夕暮れが迫っていた。郊外へむかうにつれて冷たい風が眼にしみたが、それにあらがうように歩いた。見慣れた住宅街がいつもとちがって感じられるのは、

なにかが変わったせいだろうか。わが家に着いて錆《さ》びついた門扉《もんぴ》を開けると、キッチンの換気扇からカレーの匂いが漂ってきた。

矢崎存美

黄色い
ワンピース

矢崎存美

やざき・ありみ

埼玉県生まれ。1985年、矢崎麗夜名義で第7回星新一ショートショートコンテスト優秀賞を受賞。'89年『ありのままなら純情ボーイ』でデビュー。

主な著書に「ぶたぶた」シリーズ、「食堂つばめ」シリーズ、「NNNからの使者」シリーズ、『あなたのための時空《とき》のはざま』などがある。

「……こんなところだったっけ？」

綺羅《きら》は、小さな声でつぶやいた。

住宅街をさまよってたどりついた場所は、まったく憶《おぼ》えがなかった。

ここは、綺羅が六歳の夏まで住んでいた住所——のはずだが……どこが何やら、まったく見当がつかない。

綺羅の住んでいた家は、確か小さな平屋の賃貸住宅であったはず。同じような家が並んでいたからだ。その向かい側には古めの低層アパートが広い敷地にいくつか建っていて、真ん中に広場みたいなところがあった。綺羅も含めて子供たちは、いつもそこで遊んでいた。

が、今そこら辺にはほどよい高さの似たようなマンションが建ち並んでいて、方向感覚が狂うほどだった。まあ、綺羅自身も若干方向音痴気味ではある。

でも、住所はここで合っているはず。メモと番地表示を見比べて、綺羅はうなずくが、

「はあ……」

このあとどうすればいいのか。

その時、背後に誰か通り過ぎる気配がした。さっきから人に訊《き》こうと探していたが、こう暑くては誰もいなかったのだ。

「すみません！」

あわてて呼びかける。ピンク髪の若い女性だ。自分より年下っぽい。もしかしたら高校生かもしれない。

「はい？」

Tシャツに短パン、サンダルというどう見ても近所の人らしきかっこうの女性が、アイスをなめなめ振り向く。

「あの、ここら辺に団地みたいなところはありませんか？」

地図はあるけど、やっぱりうまく読めない。

「ああ、ありますよー」

あっさり答えがもらえた。

「このマンションのー、間の道を通ってけばすぐです」

そう言って指差す。

「ありがとうございます。あのう……ちょっとお訊きしたいんですが」

少し躊躇《ちゅうちょ》しながらもたずねる。

「ここら辺に古いアパートありましたよね？」

「あ、よく知ってますね。古い大きなおうちもあったんすよね」

おうち……？

「こっち側全部に」

アイスで指された方角を綺羅は見やる。その時、突然記憶が甦《よみがえ》る。

右に行けば学校、左に行けば神社、まっすぐ行くと――。

「昔、団地に行く時は遠回りになってめんどくさかったんすよ。まあ、うちらは普通に近道してましたけど。マンションになったら通り抜けできるようになって、マジ便利ですよねー」

彼女はそう言うと、会釈をして去っていった。

教えられたとおりにマンションの間の道を抜けていく。もちろん、見憶えはない。ほんとにこの先に団地があるんだろうか。

壁のように建つマンションを抜けると、煤《すす》けているような灰色の建物が見えた。そうか、もう二十年たっている。あの時は白く輝くように見えていたけれど――背後の新しいピカピカのマンションのように。

少し錆《さ》びた看板もあった。「○○団地」とあるが、肝心なところが薄れていて読めない。初めて看板を見た時も読めなかった。あの時は漢字を知らなかったんだけど。

「あ……」

どこからかいい匂いがする。お肉を炒めているような……もうお昼だから。

黄色いワンピース、着てこられたらよかったのに。

綺羅は刺すような日差しの中、一歩も進めなくなった。二十年前、六歳の夏を思い出していた。

綺羅にはほとんど家族の思い出というものがない。小学校以前の記憶がおぼろなのだ。一つだけ憶えているのは、いつも「お腹がすいた」と思っていたこと。

うちは多分、貧乏だったのだと思う。いや、絶対貧乏だった。だって、小学校に入って、「給食ってなんて素晴らしいんだ!」と思ったんだもの。鮮烈に憶えている。毎日給食を楽しみに、真面目に学校へ行っていた。

なんかもう、どこまでが本当かわからないけれど、当時は給食で生き延びていたという感じだった。ただ、量は足りなかった。当時の自分の体型は思い出せない。今でもよく食べるが、それほど太くはない……はず。

つまりほぼ一日一食なわけだから、困るのは夏休みだ。土日は少しずつ溜め込んだお菓子などでまだなんとかなったが、夏休みは長い。食べられないと思うと、学校へ通う前よりお腹がすくようになってしまった。「夏休みの間、どうしよう」という焦りがそう思わせたのかもしれない。

夏休みの初日——というより、その前日からもう給食がなかった。誰もいない家で、綺羅は途方に暮れる。

「お腹すいた……」

台所を漁《あさ》っても何もないのはわかっていた。親が帰ってきた気配がないから、食料の補充はされていない。小遣いもない。

ふらふらと外に出る。暑い。アイス食べたい。けど何も買えない……。

もっと徹底的に探せばよかった。食べ物だけじゃなく、タンスの後ろとかに小銭が落ちてたかも。でも重くて動かせない……。ああ、早く大人になりたい。

遊び場になっている広場では、子供たちは水浴びをしていた。そんな元気がない綺羅は、横を通り過ぎて道に出る。いつもそこを右か左へ行く。右へ行くと学校の方、左へ行くと神社があって、ザリガニが釣れる。

いっそザリガニでも食べようかしら、と思ったが、絶対にまずそう。食べるならやっぱりおいしいものがいい。給食を知ってから、綺羅はそう思うようになった。

今日はまっすぐ行ってみようかな。

今までなんで行ってなかったのか。それはわからない。けど、左右に行ったらいつものように何も起こらない。

まっすぐの道は舗装されていなかった。砂利道だ。知らない道だし、危ないかもしれないけど、もしかしたら何かいいことあるかも。

綺羅は、まっすぐ歩き始めた。

花の匂いがした。きれいな匂い。どこに咲いてるのかな。

そんなことを思いながらキョロキョロして歩いていると、いつの間にか森の中に入っていた。え、このまま進んでいいのかな？　でも、足元には茶色い地面が見えていて、そこが道とわかる。周りはむせ返るような緑の匂いだった。

道の周囲には花が咲いていたし、森の中だから日陰だし、サラサラという葉の音も涼しい。さっきかいだのは、この花たちの匂いなのかな？

上を見上げると青い空が見える。こうやって見る空はすごく澄んでいた。

夢のようなきれいな道を歩いている、と綺羅は思う。

進み続けると、突然森が終わった。視界が開けて、遠くに四角い建物が見える。夢の終わりのようでもあった。でもそれも、綺羅には見たことのない光景だった。

あそこに行こう、と綺羅は思う。建物は白く輝いている。キラキラしている。それに、森と同じくらいこの小道もすてき。どこまでも見渡せる緑の広場みたい。ちょっと草が伸び過ぎ、と思うが、夏だからしょうがないよね。

茶色い小道をしばらく歩くと、大きな看板が立っていた。

地図みたいなものが描いてあるが、他は漢字ばかりで読めない……。

看板の向こうに、目指した白い大きな建物が見える。この建物のことが看板に書いてあるんだろうか。

読むのをあきらめて歩いていくと、白い建物はどんどん大きくなっていく。はー、きれい。灰色であちこち錆びている小さな自分ちとは全然違う。

そういえば、母親からアパートを大きくしたものが「だんち」というのだと聞いたような。さっきの看板には書いてあったのかな。

あちこちに花壇があって、たくさん花が咲いている。芝生はふかふかな感じで、裸足で歩いたら気持ちよさそう。ブランコが見える。公園があるのかな――。

綺羅はふと足を止めた。

どこからかいい匂いがする。カレー？　カレーかな？　カレー大好き。

匂いにつられて再び歩きだす。うろうろと迷いながらも、ドアが開いている一階の部屋を見つけた。

綺羅は、ドアの前に立って、カレーの匂いを吸い込んだ。給食のとは違う匂い。でもおいしそう。

目を閉じて堪能《たんのう》していると、

「あらっ」

声がしたので、目を開けた。

目の前に、女の人が立っていた。水色のノースリーブのワンピースにエプロンをつけている。

「何かご用？」

優しい声だった。でも、綺羅は黙っていた。お腹がすいたからカレーの匂いをかいでたなんて、恥ずかしくて言えない。

すると、お腹がぐうう〜と鳴った。マンガみたいなこと、ほんとにあるんだ。お腹で返事をしたみたい。まあ、さっきからずっとぐーぐー言ってたんだけど。

女の人はにっこり笑うと、

「カレー食べない？」

と言った。

団地の部屋の台所は、綺羅の家と同じくらい狭かった。

でも、床には何も落ちてなくて、窓からの光が明るくて、いい匂いがした。カレーだけじゃなくて、他にもいろいろ。なんだかわからなかったけど。

「座って」

女の人は食卓の椅子をポンポンと叩く。言われるまま綺羅は座り、あたりをキョロキョロ見回した。

奥の部屋が見える。開いている窓から入った風が玄関を吹き抜けていく。そんなに涼しいわけじゃないけど、いい匂いはその風が運んでくるみたいだった。

コンロの上には大きな鍋が置いてあり、女の人はそこからおたまでカレーをすくっていた。

「どうぞ」

テーブルの上にカレーライスが置かれる。丸い皿の半分にごはん、半分にカレー。鼻を近づけて、思いっきり匂いを嗅《か》ぐ。給食のカレーはこんな刺激的な匂いじゃないし、カレーとごはんは別に出てくる。

ところで、端っこの赤いものはなんだろう。

「あ、福神漬《ふくじんづけ》嫌い？」

綺羅はちょっとだけ考えて、首を振った。食べてみないとおいしいかどうかわからない。

「おかわりはたくさんあるから。どんどん食べて」

おかわり。給食のおかわりはせいぜい一回だ。もっと食べたくても他におかわりしたい人がいるとなくなってしまうし、どちらにしても余らないとおかわりはできない。したくてもやらないことは「遠慮」と言うと綺羅は知っていた。誰から習ったのかな。お父さん？　お母さん？　いや、先生かもしれない。

でもそれは、あとで考えればいいや。

「いただきます」

そう小さく言って、綺羅は水のコップに入っているスプーンを手に取った。ごはんとカレーをすくい、口に入れる。

そのあとのことは、よく憶えていない。なんか、すごくおいしかった。ごはんもカレーもあつあつで、やけどするかと思った。そんなに熱いものって食べたことあったっけ？

「お水飲みなさい」

水を飲むと、とても冷たかった。四角い氷が入ってる！　おいしい。口に氷が入ってきたので、ボリボリと嚙《か》んだ。今度は頭がキーンとする。

福神漬っていう赤いものも食べてみた。そのままだとなんか酸っぱくて甘くてしょっぱい。でもそのあとにカレーを食べると——はあ、これもなんて言っていいかわからない。でも、すごくおいしかった。

「野菜もちゃんと食べるんだよ」

小さなかわいいガラスの器に盛られたサラダも出てきた。レタスときゅうりとトマトとスライスされたゆで玉子。マヨネーズがかかっていた。これも冷たくて、カレーとかわりばんこに食べるとおいしかった。

カレーはすぐに食べ終わる。はっ。どうしよう、もっと食べたいけど……と空の皿を見ていると、

「おかわり、いるよね？」

そう言って、すぐに別の皿が出てきたのには驚いた。この人、綺羅の考えてることわかってる⁉　なんだか最初に戻ったように思えた。お腹もまだ全然すいてる。

「福神漬、もっと食べる？」

綺羅がうなずくと、女の人はスプーンいっぱいに入れてくれた。おいしいし、パリパリ

とした歯ごたえが楽しい。

何度おかわりしただろうか。三杯目以降は憶えていない。なんか悪いかな、と思ったけれど、

「いっぱい食べな！　たくさんあるから、遠慮しないで！」

と言ってくれたので、うれしくなって食べてしまった。

お腹いっぱい食べたのって初めてかもしれない。なんだか苦しい。そんなことも初めてだった。

「もう食べられない？」

そう訊かれて、うなずいたが、

「アイスもあるよ」

と言われて、はっと目を見開く。

「外で食べよう」

さっき女の人と初めて会った玄関の前は、日陰になっていた。青いソーダアイスを渡されて、綺羅は包み紙をむいた。冷たい甘い匂いがして、陶然《とうぜん》となる。

外は暑いので、アイスはすぐ溶ける。崩れて下に落ちないように、急いで食べた。ほんとはゆっくり食べたいけど、アイスって暑いところで食べるのが一番おいしいから困る。

アイスの棒には何も書いてなかった。はずれだ。でも、自分的にはもう当たりを引いた気分だった。

「ごちそうさまでした」

給食の終わりと同じに、綺羅は言った。

「いいえ、こちらこそ」

こちらこそってなんだろう。首を傾《かし》げる。

「いいの、気にしないで。近くに住んでるの？」

「多分……」

歩いて来られるから。

「そう。じゃあ、またおいで」

綺羅は曖昧《あいまい》にうなずいて、その場から去った。

家に帰っても誰もいなかった。今日は誰か帰ってくるのかな。誰かっていっても両親しかいないんだけど。

一人で家にいると空腹をより感じてしまうのだが、その日はあまりお腹がすかなかった。食べたカレーとアイスを思い出すと、なんだかうれしくて、もう一度食べたような気分になった。

次の日は行ったら悪いかな、と思って、午前中は我慢していたが、お昼になったらお腹がぐうぐう鳴り始めた。なので、少し道に迷いながら、また「だんち」へ行ってみた。

女の人は薄緑色のワンピースを着て、今日もドアの前に立っていた。

「あ、来た来た」

そう言って手を振る。

「お腹すいた？」

「……はい」

少し恥ずかしかったが、正直に答えた。すると彼女はにっこり笑う。

「今日はおそうめんなの」

おそうめんは給食に出たことあったっけ？

「唐揚げもあるよ」

「唐揚げ！」

すごくおいしいやつ！　大好き。毎日食べたい。

「鶏天《とりてん》とお野菜のかき揚げも」

お野菜のかき揚げは給食で食べたことある。

「唐揚げって鶏の？」

「そうだよ」

「とりてんって？　やっぱ鶏？」

「そう。鶏肉の天ぷらだね。食べたことある？」

綺羅は首を振る。

「あんまりこっちの方じゃ作らないかもね」

「給食じゃ出てないかも」

「そうなの？」

女の人は、部屋の中に上がって、食卓の椅子を引く。

「さあ、どうぞどうぞ」

綺羅はいそいそと座った。

「あ、そうだ。昨日は訊くの忘れたけど、名前はなんていうの？」

名前を訊かれるのは、ちょっと苦手だ。答えるとたいてい笑われるか、変な顔をされる。

そりゃ綺羅は名前と違ってキラキラしていないが、それは自分が一番よく知っている。

「……綺羅」

恐る恐る答えると、女の人は、

「えーっ⁉」

と目を丸くした。あー、やっぱり変わった名前って言われるのかな……？

でも返ってきたのは意外な言葉だった。

「すごいかわいい名前だね！」

「……かわいい？」

「いいじゃん、『キラ』なんて。あたしもそういう名前がよかったなあ」

そして彼女は名乗ったのだが、綺羅はそれを忘れてしまっていた。自分の名前を初めてほめられて、とてもうれしかったから。

少し後悔していた。ちゃんと憶えていたら、今こうして道に迷っていないかもしれない。名字も忘れてしまったようだ。

だから綺羅は、その人のことを心の中で、ずっと「おねえさん」と呼んでいた。実際にそう呼んだことはなかったかもしれない。二人きりでいると、名前なんて呼ばなくてもなんとかなる。でも、彼女は「綺羅ちゃん」と呼んでくれていたな。そんなふうに呼んでくれた人、その頃は一人もいなかったかもしれない。

「今日もいーっぱいあるからね。どんどん食べて」

綺羅はそうめんを夢中ですすり、唐揚げと初めての鶏天を食べた。どれもすごくおいしかった。野菜のかき揚げはとても大きかった。サクサクしていて、野菜なのに甘く感じた。

「足りなかったらどんどん揚げるからね」

結局、桶いっぱいのそうめんをたいらげ、唐揚げと鶏天はおかわりしてしまった。お野菜は——出してくれたものはかき揚げもサラダも全部食べた。それまで嫌いだと思ってたけど、おいしかった。けどやっぱりお肉が好き。

お腹いっぱいになったら、眠くなってきた。そろそろ帰らなきゃ。

「奥の部屋で寝たら？」

台所から見える奥の畳の部屋にはカーテンがひらひらとそよいでいた。台所はいい匂いがして居心地がいいけど、少し暑い。奥の部屋は涼しそうだった。

あそこで寝たら、気持ちいいだろうな。

とは思ったが、その時気づく。ここは他人の家だということを。

綺羅は椅子から立ち上がる。

「どうする？」

と訊かれるが、

「ごちそうさまでした。帰ります」

そう答えていた。

いつ「ごちそうさまでした」とか「帰ります」なんて言葉遣いを憶えたのかは定かではない。その時はもしかして「帰ります」なんて言えてなかったかもしれない。「ごちそうさま」は学校で習っていたから、かろうじて言えたかも。

「そう……」

おねえさんはちょっと残念な顔つきになった。気がした。奥で昼寝をしなくてもいいから、もう少しいたいと思ったが、それはいわゆる「図々しい」と言うのだろう。子供の頃でも、なんとなく理解していたように思う。

綺羅は家に帰った。両親が帰ってきた気配はない。でも、お昼にたっぷり食べたので、夜になってもお腹は減らなかった。

このままお腹が減らないままだったらいいのに。

と思ったが、目が覚めるとやっぱりお腹がすく。なんでなのか、と考えてもわからないことを考えながら、綺羅は起き上がった。

結局、夏休みの間はずっとその団地へ通い続けた。

おねえさんは、いろんなものを綺羅に食べさせてくれた。そばやうどん、サンドイッチ、海苔巻きや丼もの、パスタ、トマトの冷たいスープ、揚げたてのフライドポテト、山盛りのとうもろこし、シャービック、かき氷、スイカ、メロン、プリン、牛乳かん、フルーチエ、ミキサーで作ったミックスジュース――綺羅は毎日お腹いっぱいで家に帰った。よくおみやげもくれた。おまんじゅうとかバウムクーヘンとか、おせんべいとか。

たまに親が帰ってきた時には食べ物や小銭を溜め込んだ。土日はなんとなく団地へ行かなかったから、その時のために。他に家族がいる気がしたのだ。昼間はいないけど、夜や週末には帰ってくるんじゃないか、と。学校に通って普通の家ってそうなんだって知った。

食べ物だけでなく、服をもらったこともある。すごくきれいなレモンイエローのギンガムチェックのワンピース。

ある日、「だんち」に向かっている時に大雨に降られたのだが、なんだか気持ちよくて、ずぶ濡れでスキップしているうちに着いてしまった。

「着替えて」

タオルとともに渡されたのが、その黄色いワンピースだった。着てみるとぴったりで、ふんわりとした裾がかわいく、綺羅は台所でぐるぐる回った。それを見て、おねえさんは笑っていた。

「そのワンピース、あげるよ」

そう言われた時はうれしくて何も考えなかったけれど、あのワンピースってどうしてあの家にあったんだろう。子供がいたの？

おねえさんは、綺羅の目から見ても明らかに「おねえさん」だったけれど、いったいいくつだったんだろう。子供がいたとしたら——その子はどこに？　いや、それはあまり考えたくない。

おねえさんは、綺羅が着ていた服を洗濯してくれた。

「雨がやめば、すぐに乾くんだけどな」

帰りにも雨が降っていたら、ワンピースが濡れてしまう。それはいやだ。

「てるてる坊主、作る」

綺羅が言うと、おねえさんは奥の部屋から大きなカゴを持ってきた。中には色とりどりの端切《はぎ》れがある。ワンピースと同じチェックの布もあった。もしかしてこのワンピースって、買ったんじゃなくて作ったもの？

彼女はカゴの中から白いハンカチくらいの布を取り出した。二人で頭の中に小さな端切れを詰めて、糸で首を作り、マジックで顔を描く。

玄関脇の窓にぶら下げる時、一瞬迷った。雨がやんだら濡れずに帰れるけれど、雨がやまなかったらどうなるんだろう。ずっとここにいられるの？

だが、綺羅はてるてる坊主を窓にぶら下げた。

てるてる坊主のおかげか、雨はすぐにやみ、洗濯物を干すと、帰る頃には乾いていた。

帽子ももらった。服と同じチェックの黄色いリボンがついた麦わら帽子。

「暑いから、かぶって」

帰りは、ワンピースと帽子についた黄色いリボンがなびくところが見たくて、後ろを振り返りながら歩いた。

夏休みの宿題も一緒にやったっけ。

「宿題やってる？」

と訊かれて、首を振る。ドリルのわからないところからほったらかしだった。

「じゃあ、ここでやれば？　見てあげるから」

どうしようかな、と思ったが、わからないところが多すぎたので、次の日ドリルやプリントを持っていった。おねえさんは、ちゃんと教えてくれた。わからなかった問題も、一つできると次々できた。

「綺羅ちゃん、頭いいねえ。すごいすごい」

ほめられて、綺羅は初めて「うれしい」と思った。わたしは頭がいい。それがずっと綺羅のお守りだった。

「わからないことは恥ずかしいことじゃないんだよ。バカにする人もいるかもだけど、そんなの気にしないで。どんどん人に訊くんだよ」

おねえさんの言うとおり、大人になっても勇気を出して訊いてきた。一つ知識を得るごとに、おねえさんの「頭いいねえ」という声が甦る。

本も貸してもらった。絵本や児童文学、少女マンガなど。「あげる」と言われた本もあったが、たいてい夜の間に読み終わってしまうから、すぐに返した。おやつを食べながら感想を二人で言い合うのが楽しみになった。

夏休みの工作も手伝ってくれた。牛乳パックで作ったのだけれど、あれはどこに行ったのか。何を作ったのかも忘れてしまった。おねえさんの家の食卓は広くて、新聞紙とかを広げても充分な大きさがあった。

毎日夢のような道を通って、おねえさんの家で宿題をしたり、本を読んだり、たくさんおしゃべりをして、そしてたっぷりごはんを食べさせてもらった。ごはんはいくらでも出てきた。魔法のようだった。綺羅もいくらでも食べられた。

他にもいろいろなことを教わった。髪の結び方とか、折り紙とか、なわとびや鉄棒もブランコでの飛び降り方も。もしかして、言葉遣いを直してくれたのも、おねえさんなのかもしれない。

でも、綺羅は彼女の名前も憶えていない。おうちも台所までしかお邪魔していない。顔は憶えているが、会ってもわかるだろうか。

なぜなら、その夏を境に、綺羅は児童養護施設に入ったからだ。学校も変わった。

どういう経緯で施設に入ったのか、説明されたのかされなかったのかわからないままだ。記憶を失ったとかではなく、多分あまりにも目まぐるしくて、本当に忘れてしまったのだと思う。

別に親が亡くなったとかそういうことではなく、生きている。多分、今も。何かあったら連絡が来るんじゃないかな。何年も会っていないからわからないけど。

施設ではつらいこともあったけれど、いつもお腹がすいているという状態ではなくなった。朝昼晩とちゃんとごはんが食べられる。これってすごいことだ。おねえさんの家で食べた量ほどではなかったが、充分満足した。大人ってこういうことしてくれるんだなあ。

あのおねえさんが作ってくれたものも、施設で食べたものも、給食もおいしかった。おいしいものが食べたい、と思っていた綺羅は、成長して調理科のある高校に進学した。たまたま通える距離にあり、入れる成績だったから。

働くために手に職をつけられて、しかもおいしいものが自分で作れる。選択肢っていうか、これが天職ってことなのかな、と思ったし、卒業して県内の有名レストランにも就職できた。

今そこで、調理師として働いている。たまにお菓子も作る。誰かにおいしいものを食べてもらえるのは、日々の喜びだ。

でも、今は少し疲れている。忙しいのは人手不足のせいで、かといって店は新しい人を雇ってくれない。というより、続かない。特に新人が。

綺羅も今は指導する方になったけれど、どうすれば適切なのかがわからない。少しきついことを言ったらそれで辞めてしまう人もいたし、年上を指導する時はかなり気疲れしてしまう。結局振り回されただけで辞めてしまったり。自分が悪かったのか、といつも不安になる。自信がないから……。そして、一人でいくつもの仕事をやらねばならないから、疲れないはずはないのだ。

ここで修業をして、自分の店を持ちたい、という夢を入社した当時は持っていたが、それが叶《かな》うのか不安になる。一人暮らしのアパートで、眠れない夜などじんわり涙がにじんでくる。

そんな時、同期で入社し、地元の店に転職した子が「店を開きました」と連絡をくれた。

実家を改装してカフェを作ったのだ。

行ってみると、小さいが、とてもかわいらしいカフェだった。話を聞くと、内装のほとんどはお父さんがやってくれたという。

「大工さんなの？」

「ううん、元々そういうのが好きなだけ」

焼菓子のケースやテーブルをサイズに合わせて作ってくれたり。それだけでなく、家族全員で彼女の夢を叶えるため、手伝ってくれたという。

「場所は実家だし、妹もお店手伝ってくれるし」

綺羅はその時、自分がほんとに一人なんだ、と実感した。わたしには、こんな家族がいない。そりゃ手伝ってくれる友だちは、少ないがちゃんといる。だが、家族のように頼り切ることはできそうにない。

別に綺羅は、同期の家族みたいなことをしてもらいたいというわけじゃない。ただ、少し疲れた時に、遠慮なく帰れるところがあれば、と思っただけだ。

でも綺羅は知っていた。生きていても頼りにならない親なんていくらでもいる、と。施設で暮らしていれば、いやでもわかる。たとえ親が生きていても、そこには帰りたくないと思っている人は自分を含めて存在するのだ。きちんと自立すれば、そんな思いから解放されるのでは、と考えていた。だが、たまに襲ってくる寂しさをどうしても消すことはできない。

帰りたい。

でも、そんなところはない。帰りたいのはあそこだけ。夢のようなあの夏の日々に。でも、あの場所には帰れない。

綺羅は、ふと顔を上げて、涙を拭く。

……いや。そんなことないかも。

かつて自分が住んでいた家の住所はわかる。本籍地がそこになっているはずだからだ。クローゼットをかき回して、施設などからもらった書類入れを見つけた。本籍地を書類の中から探し出す。地図もネットのを印刷した。

「近くに団地がある！」

そこに行けば、おねえさんに会えるかも。いや、それ以前に方向音痴の自分がたどりつけるか、とても不安だ。

そんなことを考えていたら、少し元気になってきた。行ったことでかえってがっかりしてしまうこともあるかもしれないが、それはあとで考えよう。たどりつけるかどうかの方が、今は心配なんだから。

次の休日、地図を片手に出かけた。スマホの地図は方向がわからなくなる。といっても、印刷された地図でも同じなのだが。

そして、やっとたどりついた。古ぼけた団地に。

あの頃は、夢のような道を歩いて現れた白い建物もまた夢みたいと思っていたけれど、実はどこででも見かけるような普通の団地とわかる。今住んでいる街にも、こういうところはある。

記憶の中にある思い出と重ね合わそうとしたが、うまくいかない。青々としていた芝生はやせて、花がたくさん咲いていた花壇は見つからず、公園は……もしかして同じところかも、と思えたが、ブランコや鉄棒は錆びていた。子供は遊んでいない。暑いから、それはしょうがないか。

おねえさんの部屋までの道くらい憶えているかと思ったが、同じ棟が並んでいるのを見ているとわからなくなる。目印にしていた木は、おそらく大きくなっている。こんな景観だったかな。そんなことばかりが浮かぶ。

さんざん迷って……というより、端から端まで歩いて、ようやく記憶をたどり、おねえさんの部屋らしき場所についた。

玄関脇の窓にてるてる坊主がぶら下がっている。

あれからずっと下げていたのだろうか。まさか。忘れていただけに違いない。それに、もうこの部屋には住んでいない可能性だってある。表札の名字にも見憶えがない。というか、表札を見た記憶もない。

結局、綺羅はチャイムを押すことができなかった。名前を憶えていないというのが情けなくて仕方なかったからだ。

踵《きびす》を返して歩きだすと、ちょっと目がうるうるしてきた。さっきまではなんだかワクワクしていたのに。

いや、ワクワクするなんて、ちょっと変ではないだろうか。自分は、何を期待していたのだろう。

涙は流れなかった。そんなこと、わたしには贅沢《ぜいたく》だ。

その時、

「キラちゃん?」

背後から声が聞こえる。え?

振り向くと、なつかしい「おねえさん」が立っていた。

一瞬、昔に戻ったのかと思った。それくらい、おねえさんは変わっていなかった。エコバッグを抱え、あの頃と同じようなワンピースを着ていた。

「ワンピース……」

綺羅の口から言葉がこぼれ出た。

「え？」

「ごめんなさい、ワンピース……なくしてしまって……」

その時のことを思い出したら、涙があふれてきた。


しばらくして、おねえさんが言った。

「アイス買いに行ってたの。食べる？」

綺羅は涙を拭《ぬぐ》ってうなずいた。

「日陰で食べようねえ」

おねえさんが指差す場所には、生い繁った木々に囲まれたベンチがあった。あんなところあったかな……と少し考えて、小さかった木が育ったのだ、とわかった。二十年という年月の長さを初めて実感する。

風が吹くと、汗が乾いて涼しく感じた。

「今日は湿度が低いみたいだから、日陰はけっこう涼しいね」

おねえさんが渡してくれたのは、昔もよく二人で食べたソーダアイスだった。

「アイスって外で食べるとなんでこんなにおいしいのかな。夏はすぐ溶けちゃうけど」

しばらく二人で無言でアイスを食べた。冷たくておいしい。暑いところを歩いてきたから、喉に染みる。

食べ終わって、綺羅は口を開いた。

「あの……てるてる坊主……ぶら下がってるの見て……」

そこまで言うと、胸がいっぱいになってしまった。言葉が出なくなる。

「ああ、家にも行ったんだね」

「はい……」

おねえさんはアイスを食べ終わり、棒を見て、

「当たりだ！」

そう言って見せてくれた。綺羅のは、はずれだった。どっちか当たってどっちかはずれ。

そんなことで笑い転げたなあ。

「……ありがとうございました」

綺羅は頭を下げた。

「ごはん、食べさせてくれて」

おねえさんは、

「あのあと、どうしたの？」

とたずねた。そして、ぽつぽつと語る綺羅の話を黙って聞いてくれた。

「――立派になったね。すごいね」

そんなことを言ってもらっても、綺羅は素直にうなずけない。今の悩みをおねえさんに打ち明ける勇気はなかった。さんざん世話になった上に……これこそ図々しいとしか。

綺羅は、今で言うところの「放置子」だ。ネグレクトされた子供。施設に入るまで何をしていたのか、おねえさんのところ以外は憶えていない。もしかしたら、他の人にもたかっていたかもしれない。お腹をいつもすかせていたから。そんなことはしていなかったと思いたかったが、自分ではわからない。

おねえさんはやっぱり、「かわいそう」と思ってごはんを与えてくれたりしていたのだろうか。もしかして、児童相談所に通報してくれたのも、彼女だったのかも。それが実は正しい判断であるとはわかっている。「かわいそう」と思っても、一時的な手助けだけではダメなのだ。

でも、そう思われていたと考えると綺羅の胸は苦しい。だが、それは綺羅の勝手な気持ちだった。彼女には関係ないことだ。

「あの時、しばらく来なくなったから、どうしたのかと思ったの」

「え……？」

綺羅は驚く。

「おねえさんが児相に言ってくれたのかと――」

「違うよ、それは、大家さん。綺羅ちゃんが住んでたおうちや、その向かいのアパートの持ち主。家賃を滞納してたし、何日も連絡が取れないから、児童相談所に連絡したんだって。今はマンションになっちゃったけど、そのアパートの向かい側に大きなお屋敷があったの憶えてる？」

大きなおうち。さっき会った女の子が言っていた。「うちらは普通に近道してた」って……。

「もしかして……わたしが通ってきた道って……お屋敷の庭？」

夢のようにきれいに手入れされた道。サラサラという森って……今考えると竹林だったような？

「そうかもね。団地の子供は学校帰りとかよくお庭を通ってたみたいよ。大家さんは黙認してくれてたけど」

「全然……わかってなかった……」

「あたしも、何も知らなかった。それを教えてくれたのは、同じ団地の人。年も近かったから、友だちになったよ。大家さんにも訊きに行って教えてもらったんで、ちょっと安心した。でも、そのあとのことは誰も知らないから……綺羅ちゃんから聞けてよかった」

そう言って、おねえさんはにっこり笑った。

「おねえさんはどうしてたんですか？」

とっくに引っ越してしまっていると思っていた。

「あたしは、ここでずっと服を作ってた」

「……あの黄色いワンピース、手作りだったんですね」

「そう。さっき話した友だちがコスプレイヤーでね、その人とその界隈の人たちに作ってる。綺羅ちゃんのを作った時は、すごく久しぶりで。昔、妹たちにああいうの作ってあげてたんだ」

綺羅はその声の明るさがうらやましいと思う。きょうだいもいるなんて……。

「ずっと、旦那と気楽な二人暮らしよ」

「……やっぱり一人暮らしじゃなかったんですね」

「やっぱりって？　わかってたの？」

「いえ……なんとなくそうかもって思ってました」

「そうなんだ……。結婚したばっかりだったけど、彼の仕事がすごく忙しくなって、いつも朝早く家を出て深夜に帰ってきてたの。一人暮らしみたいなもんだった。ゆっくり食事をする時間もなくて、ほとんど食べてもらえなかった」

「だから……わたしにあんなにごはんを食べさせてくれたんですか？」

ごはんを捨てるのがもったいなかったから？　かわいそうな子供がいると思ったから？

おねえさんはしばらく考え込んでいるようだった。

「綺羅ちゃんと同じくらいの妹がいるから、重なっちゃって。生まれた時から面倒見てたから」

それを聞いて、やっぱり「かわいそう」と思われていたのか、と綺羅は悲しくなるが、

「少し前まで十人で暮らしてたのに、急に一人になっちゃって寂しくてね」

それを聞いて、綺羅は仰天した。

「……十人⁉　子供八人ってこと⁉」

「そう」

当たり前に言う。

「ごはんをつい多く作っちゃって」

確かに最初に食べたカレーの鍋は、大きかった。でもあれは、子供だったから大きく見

えただけだとばかり。

「毎日捨ててたから、どうしようかと思ってたの」

おねえさんは悲しそうに笑った。

「旦那は帰ってこないいし、友だちもいないし、一人でずっと大量にごはん作ってはそれを捨てる毎日だったの。ヤバいでしょ？」

綺羅はどう答えたらいいのかわからない。

「だから、綺羅ちゃんに声をかけた時にお腹が鳴ったから……お腹をすかせてる人に食べてもらえばいいんだって思ったんだよ」

「……そういえば、食べてなかった、おねえさん……」

ずっと食べている綺羅を、正面に座って見ていた。

「あの頃は、誰かとゆっくり食事をする習慣がなくて」

どういうこと？

「実家にいた頃は、七人の妹や弟たちの面倒を小さい頃からずっと見てたの。学校に通うようになっても、まっすぐ家に帰ってみんなの面倒見て、ごはん作って、掃除して」

「ご両親は留守がちだったんですか？」

いなければ、綺羅のように放置されるか、誰かが面倒見るしかない。

「お父さんは仕事でめったに帰ってこないし、お母さんは病弱だった。いつもふとんで寝てたよ。それでも子供は産んでたんだから……今考えるとわけわかんないよね。でも、あたしはそれが普通だと思ってたの」

「そんなに家族がいたのに、なんでこっちに来たの？」

家族がいて、自分の役目があって……なのにわざわざ一人になるなんて。

「なんでかな。旦那と知り合って、この団地に住もうって言われた時は、断ろうと思ったの。だって、あたしがいなくなったら誰がきょうだいたちの面倒見るの？　って」

「その時いくつだったんですか？」

「二十二。でも、あとでわかったんだ。年は取ってたけど、あたしは綺羅ちゃんと変わりないんだって」

綺羅は首を傾げる。

「友だちもいない。休日に遊びに行ったこともない。家族旅行もしたことないし、誰かにごはんを作ってもらった憶えもない」

六歳の頃の綺羅だったら、本当にそうだ。

「おまけに部活もやったことない。修学旅行にも行けなかった」

綺羅は、部活はやっていなかったが、生徒会には入っていた。高校三年生の時には生徒会長もやっていた。修学旅行にもちゃんと行けた。友だちもいる。

「大学には行ったんですか？」

「行ってないよ」

「じゃあ、高校卒業してから働いてたの？」

「ううん、ずっと家にいて家事してた。たまにバイトしてたんだけど、その時に旦那に出会ってね」

「結婚、結局断らなかったんですね」

「そうだね。『俺と結婚したら、好きなことできるよ。仕事も趣味も、なんでも自由にできるよ』って言われた時、急に『それっていいな』って思って」

「……好きとかじゃないんですか」

「好きだけど、それだけじゃ家族を捨てられない」

その時のおねえさんは、無表情だった。

「結婚ってほんとはそういうものじゃないけど、あたしにとってその時はそうだったの。どっちか取らないといけないって思ってた」

「……旦那さんに言ったんですか」

「全部言ったよ。でも、あたしと結婚したいって言った」

「ロマンチックじゃないですか」

「いやいや～」

おねえさんは苦笑して手を振った。

「そんなんじゃないんだよ。問題は、あたしがその時まで、自分の好きなことができなかったって気づいてなかったこと。結婚してもしなくても、家族から離れなければ、一生そうだったかもしれないってこと」

「……旦那さんはそれがわかってたんですか？」

「そうみたい。あたしが自分で気づいたのは、だいぶあとだった。綺羅ちゃんと出会った時だって、実家に帰ろうかと思ってたのよね。好きなことしていいって言われても、それがわからなくて何もできなくて寂しくて……実家に帰れば直ると思ってたから。

今はあの頃とは違う寂しさがあるけど……それは誰にでもあるものだって考えてる。あの頃の『寂しさ』は本当の寂しさじゃなかった」

「なんなの？」

綺羅が感じている気持ちも寂しさではないのだろうか。

「綺羅ちゃんにはずっとお礼を言いたかった」

「なんで!?　ここでそれを言うのはわたしの方でしょ!?」

二人で唐突に頭を下げ合い、「ありがとう」「こちらこそありがとう」とくり返しているうちに、また涙が出てきた。そうだ、お礼だけじゃなくて、謝らなくちゃ。

「あの黄色いワンピースと帽子、なくしちゃって……ごめんなさい……」

「そんなことで謝らなくていいんだよ」

帽子はこの町を離れる時には持っていたのだが、施設に落ち着いた頃にはなくなっていた。どこかに置き忘れたのだろう。ワンピースは着られなくなっても大切にしまっていたのだが、いつのまにかなくなっていた。欲しがっていた子の顔が幾人か浮かんだ。その子たちは、もう施設にはいなかった。

「綺羅ちゃんのワンピースを作った時、実家では趣味ではなく、必要に迫られて作ってたけど……楽しかったって思い出したの。お裁縫の学校に行きたいなって思ってた。本も読み聞かせはいっぱいしてたけど、全部図書館で借りたものだったから、いつか買いたいって思ってた。アイスも果物も好きなだけ食べたかった。

お母さんに、今日あったこととか話したかった」

綺羅は、食べながらおねえさんにいろいろな話をした。給食のこと、学校のこと、両親のこと、通ってきたあの道のことも話したし、釣ったザリガニのことも。食べているものがおいしかったらどう作るのとか、少しだけお手伝いもした。おねえさんが台所に立って料理を作るのを見ながら、サヤエンドウの筋を取ったり。

綺羅は、それまでできなかったことをあのひと夏で経験したけれど、おねえさんも同じ思いを抱いていたのだろうか。

「けど綺羅ちゃんと会ってるうちに、なんでだか実家に帰りたいって思わなくなったんだよね」

「寂しくなくなったんですか？」

「寂しさだけじゃなくて……なんだろう、『誰も自分を必要としてない』みたいな気持ちが消えたのかなあ」

夜中に一人で泣く時、綺羅もそんな気持ちになる。

「綺羅ちゃんが来なくなってから、実家に連絡してみたら、家事は母親がしてるって妹から言われてね」

「ええーっ、病弱だったんじゃないんですか⁉」

「そう思ってたのはあたしだけだったんだよ。思い込みっていうのは怖いよね。周りが全然見えなくて。けど、電話切ったらなんだかすっきりしてね。ほんと、誰にも遠慮しないで、自分の好きなことしていいんだってわかったの。裁縫教室調べて、次の日から通い出したよ」

おねえさんは晴れ晴れとした顔をしていた。

「綺羅ちゃんも、何か悩んでここに来たんじゃないの？」

そう言われて、綺羅は驚く。そんな悩みなんて言えるはずないって思ってたから。

「顔にみんな出てるよ。素直なまま大きくなって——」

「え？　え？」

おねえさんは立ち上がった。

「続きは、うちで聞くよ。お腹すいてない？　何か食べながら聞くよ。うちにおいで」

「え、でも旦那さんは……？」

「今は普通に帰ってくるけど、一度綺羅ちゃんに会ってみたいって言ってた。無理に会わなくてもいいけど」

迷う。おねえさんちの台所には行きたい。けど心の準備が……！

「とにかくうちに帰って、ひと息つこう」

おねえさんは、綺羅の手を取り、引っ張った。

「あの頃は、こうして歩いたことなかったねえ」

二人で日差しの下に出る。綺羅は、なかったはずの思い出を見ているようだった。黄色いワンピースを着て、手を引かれて歩く六歳の自分——。綺羅の、キラキラした思い出になっていく。

おねえさんちの台所の、あの食卓に落ち着いたら、まず最初に彼女の名前を訊かなくちゃ。

「いっぱい、話をしようね」

綺羅はうなずいた。おねえさんの横顔も、まるで子供みたいだった。

◎目次・本文扉デザイン　アルビレオ

光文社文庫

文庫書下ろし

キッチンつれづれ

著　者　アミの会《かい》

2024年5月20日　初版1刷発行

発行者　三宅貴久
印　刷　萩原印刷
製　本　ナショナル製本

発行所　株式会社　光文社
〒112-8011　東京都文京区音羽1-16-6
電話（03）5395-8147　編集部
8116　書籍販売部
8125　制作部

ISBN978-4-334-10314-9　Printed in Japan

組版　萩原印刷

光文社文庫最新刊

女豹刑事《デカ》　マニラ・コネクション	沢里裕二
女神のサラダ	瀧羽麻子
キッチンつれづれ	アミの会
天使の審判	大石　圭
魔性の剣　書院番勘兵衛	鈴木英治
信長の遺影　安土山図屛風を追え！	近衛龍春
うろうろ舟　瓢仙ゆめがたり	霜島けい